하기
힘든

아내

하기
힘든
아내

다나베
세이코

서혜영 옮김

바다출판사

일러두기

- 이 책은 다나베 세이코의 《やりにくい女房》(분게이슌주, 2013)를 번역한 것이다. 《やりにくい女房》는 다나베 세이코가 1978년부터 1987년까지 주간지 《슈칸분슌(週刊文春)》에 연재했던 글을 바탕으로 꾸린 에세이집이다. 다나베 세이코는 《슈칸분슌》에 1971년부터 1990년까지 20년에 걸쳐 칼럼을 연재했다. 2013년 출판사 분게이슌주에서 '다나베 세이코 에세이 베스트 셀렉션'이라는 이름으로 총 3권의 시리즈를 새롭게 구성했고, 이 책은 그 시리즈의 두 번째 권이다.
- 본문의 주석은 내용의 이해를 돕기 위해 모두 옮긴이가 작성했다.

남자는 생각보다 여자를 모르지만
여자 역시 의외로 남자를 모르는 거 아닐까요.
뭐 무리도 아니죠.
사실 어두운 데서 서로 손전등 켜고
상대를 세세히 살펴볼 수는 없으니까요.

차례

○

하기 힘든 아내

초등학교 1학년, 아니면 2학년 갓 됐을까 한 사내아이가 엉엉 울고 있다.

　집 안을 향해 서서 고래고래 소리를 질러 댄다. 뭐라고 했을까.

　"왜 나 빼놓고 너희끼리만 놀아. 으앙, 으아앙."

　얼굴이 온통 눈물범벅이 되어 동네 사람 다 들으라고 그렇게 소리를 질러 댔다.

　나는 감탄했다.

　요즘 아이들은 보통이 아니다.

　마침 가모카 아저씨カモカのおっちゃん*가 놀러 와서 얘기를 해 주었다.

"흠, 몹시 까다롭게 구는 아이네요."

아저씨도 놀랍다는 반응이다.

"옛날에는 아이들이 단순했어요. 부모한테 달라붙어서 울 때도 '엄마 바보!' 하면서 손바닥으로 때리기나 하는 정도였지요."

"맞아요. 장난감 가게 앞에서 '안 사 주면 안 일어날 거야' 하고 떼쓰면서 대자로 눕는 거, 그 정도가 최고로 못되게 구는 거였죠."

옛날 아이들은 기껏해야 목청껏 울부짖는 게 저항의 전부였고, 그러다가 창고나 벽장에 갇혔다. 혹은 아버지한테 "너 계속 그럴래?!" 하는 호통을 듣거나 때로 한방 얻어맞고는 필사적으로 눈물을 삼키며 흑흑 흐느끼다가 어느새 얌전해졌다.

그런데 지금 아이들은 부모의 심리를 정확히 꿰뚫어 보고 공격해 온다.

"부모도 참 해보기 힘들겠어요" 하고 우리는 동정했다.

"우리 같은 사람이 아이한테 그런 일을 당했다면 어쩔 줄 몰라 허둥거렸을 겁니다."

가모카 아저씨는 말한다.

"아이들만이 아니에요. 요즘은 마누라도 참 해보기 힘들어졌어

---

* 다나베 세이코 옆에서 항상 말벗이 되어 주는 남자. '가모카'라는 말은 오사카 사투리로 '잡아먹을 테다'라는 뜻으로, 다나베 세이코가 어렸을 때 장난을 심하게 치면 어른들이 "너희들 자꾸 그러면 가모카 아저씨 부를 거야!"라며 으름장을 놓곤 했다고 한다. 덥수룩한 수염과 무서운 인상을 가졌기 때문에 다나베 세이코는 이 남자를 '가모카 아저씨'라는 애칭으로 부른다.

요."

"어떻게 힘든데요?"

"옛날 마누라들은 정이 있었어요. 언제든 남자가 원하면 품에 안겼지요."

"그 말씀은?"

"남자란 건 왠지 심술꾸러기 도깨비 같아서 마누라가 열심히 일하고 있는 모습을 보면, 갑자기 하고 싶어진다고요."

"아항."

"오세이 상おせいさん*이 그렇다는 건 아니에요. 마감에 쫓겨 머리띠 두르고 난리를 쳐 봤자 그런 유의 (성적) 매력 없는 일은 여자의 일이라고 할 수 없지요. 그런 게 아니라, 예를 들어 가정주부가 내일 아이 입학식에 입고 갈 옷을 만들기 위해 필사적으로 재봉틀을 밟고 있다든가, 혹은 아이가 입을 스웨터를 눈이 빨개지면서까지 열심히 짜고 있다든가 하는, 그런 바지런하면서도 애쓰는 모습을 볼 때 남자는 마음이 동한단 말입니다."

"흐음."

"또는 아침을 차리기 위해 도마에 부엌칼 소리를 똑똑똑 내면서 요리를 한다든가, 머리에는 수건을 두르고 소매를 걷어붙이고 대

* 다나베 세이코의 애칭.

청소를 한다든가, 빨래를 널어 말린다든가, 유리창을 전심전력으로 닦는다든가 하는, 그런 씩씩하고 신명난, 열심히, 조리 있게 일하는 모습을 보면, 남자는 여자가 참으로 사랑스러워져서 그만 끌어안고 싶어진답니다. '어이, 어이, 잠깐 이쪽으로 오라고' 하고 가까이 잡아당기고 싶어진다고요."

"그런 거예요? 그렇게 하세요, 원하시는 대로. 흥."

"그런데 원하면 언제든 하게 해 준 건 옛날, 한 십 년 전의 마누라고 지금은 안 그래요."

"지금은 어떤데요?"

"지금은 누구한테 물어봐도 그렇게 안 되는 모양이에요. 바빠 죽겠는데 무슨 잠꼬대냐 하면서 불을 뿜듯 화를 낸다니까요."

"당연하지요. 여자에게는 일의 순서, 준비라는 것이 있는데 그렇게 일방적으로 들이대며 방해하면 곤란하지요."

"하지만 옛날 여자였다면 '아이참……' 하면서도 마지못해 현관문을 잠그고 창문을 닫고 젖은 손을 닦아 가며 남편이 부르는 대로 안으로 들어왔어요."

"신혼 때야 그렇지요."

"아니, 꽤나 나이 먹은 마누라도 그런 유순하고 살가운 구석이 있었습니다. 내 친구가 그러는데, 요전번에 같이 늙어 가는 마누라가 열심히 총채로 먼지를 터는 모양새가 조금 쓸 만해서 유도의 다리 후리기 기술을 써서 쿵 하고 쓰러뜨렸다나 봐요.”

“난폭하기도 해라.”

“거실 바닥에 쓰러진 채로 서로 즐거움을 나눌 수 있어서 무척 좋았답니다. 옛 여자는 그런 부드러운 면이 있었어요. 하지만 오늘날의 주부는 남편이 예상외의 행동을 하면 불같이 화를 냅니다. ‘밤까지 기다려요!’ 하든가 ‘토요일까지 기다려요!’ 하지요.”

“기다리면 되잖아요. 왜 못 기다리는데요?”

“월부금을 걷는 게 아니라고요. 기다릴 양이면 마누라 같은 거 필요 없어요.”

“무슨 말씀인지 잘 모르겠는데요.”

군이 차가운 거실 바닥에서 즐거움을 나누지 않아도 밤이 되면 남의 눈 신경 쓸 필요 없는 곳에서 느긋한 기분으로 할 수 있는데, 뭘 힘들게 한창 열심히 일하고 있는 마누라를 억지로 이리 오라고 부르거나 다리 후리기를 해서 꼼짝 못하게 하는 겁니까.

“아니, 그걸 모르다니요. 남자는 그럴 마음이 들었을 때 바로 하지 않으면 마음이 타다 말고 꺼집니다. 그런 성가신 성벽性癖이 있다고요. 그런데 요즘 주부는 고집이 세서 예정에 없는 행동은 용납을 안 해요. 그래서 남자가 그거 하기가 힘들게 됐어요. 그 결과 오늘날의 남자는 일하는 마누라를 봐도 가련한 모습에 매력을 느낀다거나 마음이 동한다거나 하지 않지요.”

아저씨는 주변을 살피면서 더 작은 목소리로 말한다.

"그 대신, 아내가 창문 닦는 걸 보면 '아, 이 여자 지금 손가락으로 살짝 밀면 7층에서 떨어지겠지', 또는 아내가 부엌칼을 들고 요리하고 있는 걸 보면 '이 여자 뒤에서 왁 하고 소리치면 기겁해서 칼로 자기 심장을 찌를지도 몰라' 같은 공상을 즐기지요."

○

훌륭한
아내

요즘 에노키 미사코榎美沙子 씨(여성해방 운동가)*에 대한 세간의 비난이 거세다. 인텔리와 유사 인텔리, 남자와 여자 모두가 하나같이 그녀와 그녀가 결성한 여성당을 비웃는 분위기다.

그러나 나는 그런 비난에 반대다.

요즘처럼 머리가 딱딱하게 굳은 고루한 인간이 많고, 또한 안달복달하며 최대한 여성을 압박하려 드는 반동 세력이 날뛰는 세상에서는 에노키 씨 같은 난폭한 여자 무사가 있어야지, 안 그러면 죽도 밥도 안 된다. 사회의 모든 분야에서 에노키 씨 같은 사람이

---

* 일본 여성해방 운동의 기수. 1977년 제11회 참의원 의원 통상 선거 때 '일본여성당'을 결성하고 국정 진출을 도모했지만 실패했다. 약제사이기도 하다.

더 많이 나와야 한다.

그건 그렇고 에노키 씨의 남편은 참 괜찮은 사람이다. 에노키 씨가 그럴 수 있는 것도 남편의 지지가 있기 때문일 것이다. 최근 내가 본 남성 중에 가장 멋진 사람이다.

잡지 《우먼》(1977년 6월 호)에 에노키 씨 남편 기노우치 나쓰오 씨의 인터뷰가 실렸다. 제목은 '아내 에노키 미사코와 결별함'이다.(이 제목은 이상하다. 내용을 보면, 기노우치 씨는 특별히 에노키 씨랑 이혼하겠다고 단언하지 않았다. 편집자의 독단과 편견이 만든 제목 같다.)

인터뷰 소제목들도 세상의 편견을 가진 사람들이 기뻐할 만한 것으로만 붙여 놓았다. 말하자면 '그녀는 가사 노동은 하지 않아요. 여간해서 집에 들어오지 않으니까'라든가, '그 사람이 아이를 낳아 돌본다는 건 좀처럼 기대할 수 없는 일' '그녀의 활동은 나한테는 늘 불이익의 연속이었지' 등이다.

이런 소제목만 읽으면 가정주부들은 '역시!' 하고 회심의 미소를 지으며 고개를 끄덕일 것이고, 남자들은 '도대체 어떤 얼간이가 이런 여자랑 같이 사는지 그 면상을 보고 싶네'라고 생각할 것이다. 그러나 기노우치 씨는 그런 말들을 하는 가운데 그의 독특한 인생론과 유니크한 결혼관을 담담하지만 명확하게 드러낸다.

그래서 글을 찬찬히 읽어 보면 기노우치 씨가 참으로 상쾌, 통쾌한 인물이라는 것을 알 수 있다.

애초에 이혼 소문이 난 근저에는 돈 문제가 있었다. 에노키 씨는 여성당 당원으로 참의원 선거에 출마하기 위해 공탁금 1,700만 엔이 필요했고, 그것을 남편 기노우치 씨에게 부탁했다. 기노우치 씨는 서른다섯 살의 병원 의사다. 에노키 씨가 자택인 맨션을 담보로 돈을 빌려 달라고 한 것.

선거 결과에 따라서는 몰수되어 돌아오지 않을 돈이다. 기노우치 씨는 "빚을 못 갚으면 활동을 그만두고 집안일을 해라. 싫으면 헤어지겠다" 했다고 한다.

기노우치 씨는 이 일에 대해 자신이 돈 문제를 놓고 쫀쫀하게 구는 사람은 아니지만 이렇게 말했다고 한다.

"나는 간사이關西 사람이니까요. 돈 문제에 대한 사고방식이 도쿄 사람과는 좀 달라요. 돈에 관해서는 '적당히'는 안 되지요. 만일 내 돈을 제로로 만드는 일이 생긴다면, 그건 내 노동을 제로로 만드는 거나 다름없으니까요."

서로 좋아서 만나 15년이나 부부로 지냈으니까 돈을 빌려줄 수는 있지만, 그로 인해 그의 인생까지 괴로워지는 것은 곤란하다는 명쾌한 논리다.

아내 에노키 씨는 한 달에 한 번밖에 집에 들어오지 않지만 기노우치 씨는 선의船醫를 한 경험도 있는 터라 웬만한 집안일은 스스로 할 수 있어서 사는 데 불편할 게 없다. 음식도 직접 만들어 먹는다.

"그야 아내랑 둘이서 먹는 편이 더 즐겁지요."

그가 스테이크를 굽고 '아내'는 포타주와 샐러드를 만든다. "와인을 따서 오래도록 함께 식사하면서 사회나 역사 이야기를 합니다. 그런 게 없으면 사는 맛이 안 나지요. 그게 함께 생활해 가는 증거니까요."

최근에는 그런 즐거움마저 없어서 말기적 증상에 이른 것 같다고 말하는 걸 보면 매우 정직하기까지 하다.

이 사람은 "남자니까 이래야 한다, 여자니까 이래야 한다는 생각은 없어요. 남자도 집에서 밥할 수 있는 거지요"라고 말한다. "세상의 남자는 마누라에게 환상이 있어서 마누라란 무한히 쓸 수 있다는 식으로 생각하는데, 200해리 문제와 마찬가지로 마누라 자원도 사용하는 데 넘지 말아야 할 선이 있는 게 아닐까요"라고 말한다.

손대어 고칠 데가 없는 남자다.

더구나 이 사람은 인생을 자유롭게 살아가기 위해 아이를 갖지 않는다고 했다. 아이가 생기면 본격적으로 의사 일을 하려 들 것이고, 돈이 필요하면 개업하려 들 것이고, 그러면 얽매인다. 기노우치 씨는 스스로 아이를 갖지 않기로 선택했기 때문에 선의가 될 수도 있고 외딴섬 무의촌에도 갈 수 있다.

그런데 에노키 씨에게 빌려준 돈이 돌아오지 않으면 그걸 메우느라 일에 얽매일 수 있기 때문에 싫다는 것이다. 그녀가 어떤 활동을 하든 그건 그녀의 가치관 문제니까 어쩔 수 없지만 그는 비판할 것은 비판한다. 그러나 바람은 피우지 않는다. "당신 때문에 내가 엄청 성가셔졌어" 하고 그가 말했더니 에노키 씨는 "미안해요"라고 했다는데, 이게 또 좋다. 그 전투적인 에노키 씨가 순순히 사과를 했다니!

기노우치 씨도 머리가 좋은 남성인 만큼 그 한마디의 무게감을 잘 안다고 한다.

나는 가모카 아저씨에게 지금까지의 이야기를 간추려서 읽어 줬다.

"으음, 훌륭한 남편이네요."

아저씨는 머릿속에서 자신의 통속성과 기노우치 씨의 고매함이 비교되었는지 고개를 푹 숙였다.

"나는 정말로 에노키 씨 같은 훌륭한 사람을 부인으로 삼지 않아서 다행이라 생각해요. 만약 그런 사람을 부인으로 삼는다면 아무것도 모르는 동안은 좋겠지만 같이 지내면서 그 여자가 실은 얼마나 훌륭한 사람인지 알고 큰 충격을 받을 겁니다."

"왜죠?"

"당연하잖습니까. 보통 여자라고 생각하니까 안을 수 있는 거지

훌륭한 선생님이라고 생각하면 못 안아요. 이런 훌륭한 사람을 앞에 놓고 나는 지금까지 얼마나 무례한 짓을 저질러 왔는가, 아아, 역시 모르는 게 약이었어, 이제 알았으니 더 이상은 안 돼, 라고 생각하겠죠. 부모 자식 다 고개를 떨구겠지요."

○

여자
화장실

요전번에 가모카 아저씨가 한탄하며 말했다. 아파트에 설치된 작
은 양변기를 부부가 함께 사용하다 보면 남자의 기개를 잃는다는
것이었다. 아저씨의 말은 "남자의 소변은 한 줄기가 아니라 두 줄
기 급류가 되어 45도 방향으로 나뉘어 날아가기 때문에 양쪽 다 구
멍에 넣으려면 보통을 넘는 수련과 마음 씀씀이가 필요하다. 그래
서 조심하고 또 조심하면서 신경 써 가며 오줌을 눠야 하니, 어찌
남자가 남자다운 패기와 기개를 유지할 수 있겠나!" 하는 것이다.

이에 대해 어느 남성으로부터 "두 갈래 정도가 아니에요. 세 갈래,
세 줄기 급류가 될 때도 있다니까요"라는 보충 설명까지 들었다.

또 한 명의 신사는 "그 건에 대해서라면 나도 진작부터 양변기

분쇄당을 결성하려던 참이었습니다. 이거, 뜻밖에 생각을 같이하는 동지를 만났군요" 하고 맞장구를 쳤다고 한다. 그러면서 그는 강연할 때마다 양변기 하나를 부부가 공동으로 사용해야 하는 게 남자한테 얼마나 부당한가를 설파했다고 하는데, 어느 날 이야기가 끝나기가 바쁘게 한 신사가 웃으며 다가와 "정말 훌륭한 말씀 들었습니다" 하며 명함을 주더라고. 봤더니 조립식 주택 제조사 사장이었다고 한다.

그런데 말이지요, 화장실을 그렇게 설계한 건 남자잖아요. 그걸 설계한 게 여자라면 남자들이 목소리를 모아 미친 듯이 화를 내도 좋지만, 남자가 설계한 거니 어쩌겠어요. 쩨쩨하게 목전의 이익만 좇느라 지출을 줄이다 보니 그렇게 된 거 아니냐고요.

앞서 말한 양변기분쇄당의 신사는 남자의 기개를 확보하기 위해 빚을 내어 단독주택을 짓고 거기에 나팔꽃형 남성용 소변기를 따로 만들어 붙였다고 한다.

남자가 설계했다는 말을 하다 보니 생각났는데, 남자가 집을 설계하면 대개 부엌 배치가 돼먹지 않게 된다.

내가 사는 그린하이츠의 부엌을 봐도, 수도꼭지 다는 방식도 그렇고 선반도 그렇고 하나같이 사용하기가 불편하기 짝이 없다. 다른 별 볼일 없는 곳은 공들여 마감되어 있는데 물이 빠지는 망 선반은 구비되어 있지 않다. 이것 역시 여자 설계사가 건축회사에 몇 명 없기 때문에 생기는 문제다. 남자만 있어서는 주도면밀할 수 없다. 무슨 일을 해도 남녀가 힘을 모으는 게 바람직하다.

말 나온 김에 한마디 더 하겠는데, 빌딩이나 지하철역 같은 공공장소의 여자 화장실도 대부분 남성이 설계했겠지요.

거기 역시 여자에 대한 배려나 마음 씀씀이가 털끝만큼도 없다. 여자 화장실은 변기와 휴지만 있으면 되는 게 아니다. 어린 여자아이와 할머니만 사용하는 화장실이 아니라면 말이다. 보통의 숙녀라면 대부분 공용화장실에 핸드백을 들고 들어간다. 이 핸드백을 걸 곳이 없는 데가 많다. 더구나 백화점이라도 되면 쇼핑백이 있다. 이것을 둘 선반이 없는 데가 많다.

화장실은 아무리 청소가 잘되어 있어도 물건을 바닥에 놓을 마음이 들지 않는다. 우산이라면 세워서 기대 둘 수 있지만 쇼핑백 같은 걸 들고 있으면 어떻게 하란 말인가요?

여자 화장실에는 가능한 한 옷걸이나 행거, 선반 같은 것을 달아 주기 바란다.

여자와 관련해서는 '안에 들어가 볼일을 볼 뿐'이라고 생각해서는 안 된다. 남자의 단순한 작업과는 다르다. 어린 여자아이와 할머니라면 몰라도, 한창 피어나는 젊은 숙녀들은 여러 가지 복잡한 작업을 해야 하는 경우가 많다. 돌연 그날이라서 공용화장실로 뛰어드는 여인도 있을 것이고, 사람에 따라서는 옷을 몽땅 갈아입고 나오는 사람도 있다. 특히 호텔 화장실 같은 경우는 더욱 그렇다. 파티라도 있으면 사무복을 롱드레스로 갈아입어야 할 분도 계셔서 선반이 없거나 하면 뼈아프게 고생하신다.

비교적 많은 것이 "화장실에서 코르셋을 벗어요" 하는 숙녀.

"술 마시고 밥 먹고 나면 꽉 끼는 보디 슈트를 입고 있기가 고통스러워서요. 화장실에 들어가 벗어 가방에 쑤셔 넣고, 후 하고 숨을 내쉰 다음 새로운 기분으로 다시 마셔요."

내 친구 중에는 택시에서 코르셋을 벗었다는 달인도 있다. 밤중에 탄 택시라고는 하지만, 드레스를 벗어 그 속에 입고 있던 마치 방탄복 같은 고통스런 코르셋을 벗고 다시 드레스를 입는 마술 같은 행위를 잘도 해냈다. 앞좌석 남자와 운전수에게는 전혀 들키지 않았다지만 어쩌면 백미러로 모두 관찰당했을지도 모른다.

여하튼 여자는 화장실에서 여러 가지로 수상쩍은 짓을 하지 않을 수 없다. 스타킹을 갈아 신는 경우도 있다. 판탈롱스타킹이면 쉽지만 팬티스타킹이라면 벗고 입는 게 쉽지 않은데, 옷걸이나 선반이 없으면 어쩌란 말입니까!

여자 화장실 설계에도 좀 더 세심한 배려가 있어야 한다.

가모카 아저씨는 신기하다는 듯이 나에게 물었다.

"하지만 옷걸이도 없고 선반도 없고 바닥에도 못 놓는 그런 화장실에서 여자는 핸드백이나 쇼핑백을 어디다 두고 오줌을 누나요?"

"문손잡이에 걸지요."

"하지만 손잡이가 없을 때도 있을 텐데요……."

"멍충아! 그럴 때는 입으로 문다고! 이런 것까지 말해야 해!"

○

화난 김에

에노키 미사코 씨가 여성당 선거전에 참패하여 은퇴한다고 한다.
이것으로 또 다시 뭇매를 맞고 있다.

여자도 때리지만 더 두들겨 대는 것은 남자다. 그것도 반쯤은
놀리는 말투로 두들겨 댄다.

《주간 아사히》(1977년 7월 29일 발행)에도 야유와 놀림에 가득 찬
'본지 독점' '좌절의 진상'이 실렸다.

기사를 쓴 남자 기자는 사태를 남자의 눈으로만 보고 썼다. 색
맹이나 다름없다. 그 기자는 에노키 씨의 남편 기노우치 나쓰오
씨를 만났다고 하는데, 기노우치 씨가 하는 말을 제대로 이해했을
지 의심스러울 뿐이다.

에노키 씨가 가정으로 돌아가 살림을 한다든가, 행동하는 여성주의자들과 알력 관계라든가 하는 얘기만 골라서 마치 놀리듯이 썼다. 처음부터 놀릴 작정으로 쓴 것이라 기사는 온통 편견과 독단으로 도배되어 있다.

에노키 씨의 정치 운동은 선입견 없이 큰 시야로 봐야 한다.

사람들은 보수와 혁신, 부유와 빈곤의 대립에 더해서 남녀에 대한 성차별 의식으로 고통 받고 있다. 현대 일본 남자들 중에는 노골적으로 그렇다고 말하지는 않지만 여자를 인간 이하로 보는, 혹은 여자를 성적 향락의 대상으로밖에 보지 않는 패거리가 아직도 한참 많다.

남녀 성차별에 사로잡히지 않고 여자를 같은 인류로 생각할 줄 아는 남자가 지금 일본에 몇 명이나 존재할까. 그 어떤 선입견이나 편견 없이 여자를 대할 수 있는 남자 말이다.

그런 세상이기 때문에 에노키 씨는 무식하게 돌진한 것이다. 그건 그것대로 하나의 돌파구이고 '여러 방법' 중 하나였을 뿐이다. 놀림 기사를 쓴 필자들은 남녀 성차별 사회 문제에 대해 손톱만큼이라도 의식이 있는지 돌아보기 바란다.

에노키 씨의 방법을 무조건 옹호할 수는 없지만, 여자가 한 번에 확 무자비한 강자가 되어 남자 중심 사회를 쳐부수고, 그다음에는 남자들이 모반하여 사회가 다시 원래 상태로 돌아오고, 이런 과정을 두세 번 반복해 보면 어떨까 하는 생각이 든다. 그러는 과정에서 적절한 균형이 생겨 남녀 성차별이 없어진 남녀 공영권이 출현하지 않을까 하는 것이다.

지금은 남자 사회가 너무 강고하여 어쩌다 한 명 에노키 씨 같은 사람이 나와도 남자들에게 절호의 놀림감이 될 뿐이다. 그러니 에노키 씨 같은 사람이 더 많이, 한 이삼십 명은 나와야 한다.

그리하여 일본 남자가 좋아하는 여자의 미덕, 귀여움, 얌전함, 정숙함, 목덜미에 드리워진 머리카락, 맹한 머리, 맹한 판단력, 세상 물정 모르는 철부지, 무지, 무슨 말을 들어도 생글생글 네네, 시어머니에게 효도, 관음보살, 무구한 처녀, 조신한 몸가짐, 그러한 일체의 모든 미덕을 풍비박산이 나게 때려 부수어 도저히 손을 댈 수 없는 여자만의 세상을 한 번은 만들어 내야 한다.

그리고 나서 그것이 다시 원래 상태로 되돌아오는 과정에서 새로운 여자의 미덕과 여성미가 탄생할 것이고, 그것은 또한 남자도 행복해지는 일이다.

지금 이른바 여성의 미덕이라고 통용되는 것 아래에서는 남자는 살 만할지 몰라도, 여자는 살아 있다는 실감을 '마음 깊은 곳에서부터' 느낄 수 없다.

남자와 여자는 어느 쪽이든 우선 자신이 살 만해야 하고, 그것이 또한 상대도 즐겁게 하는 것이어야 한다. 이렇게 공존공영의

열매는…….

"엇, 잠깐."

가모카 아저씨가 끼어든다.

"남녀가 사이좋게 공존공영이라, 그건 곤란한데요. 남자와 여자
는 사이가 너무 좋아지면 안 돼요. 남자와 여자는 서로 알 수 없는
상태인 게, 항상 서로 으르렁대며 싸우는 편이 더 좋습니다."

"왜요?"

"사이가 너무 좋으면 사랑의 행위도 불필요해지니까요. 즉, 서
로 안 안게 된다고요."

"왜요? 그 반대 아니에요?"

"이런, 당연한 걸 모르다니. 남자와 여자가 서로 이해하고 존경
하고 정말로 사이가 좋아져서 호흡이 딱딱 맞는 일심동체가 되면
늘 끈적끈적 달라붙어 지내게 돼요."

"그야 그렇겠지요. 그럼 좋잖아요."

"아니, 그렇게 되면 너무 사이가 좋아서 굳이 같이 잘 마음도 완
전히 사라지는 그런 관계가 된답니다."

"그 부분은 이해가 안 되는데요."

"생각을 좀 해 봐요. 사이좋은 부부, 연인은 차차 안 자도 되게
되거든요. 나는 그 뉴패밀리라는 거, 그 친구들은 실상은 안 잔다
고 생각해요. 커플 셔츠 같은 거 입고 어딜 가든 둘이 함께 밤낮으

로 달라붙어 있고, 자기들끼리 쏙닥쏙닥하는 애들은 실제로는 안 할 거라는 생각이 든다니까요."

아저씨는 우쭐거리며 말한다.

"그건 임포라기보다는 사이가 너무 좋으면 할 마음이 없어진다는 얘기에 가까워요. 공원 같은 데서 남들 엿보는 거 좋아하는 호색한들의 얘기를 들어 보면, 서로 어깨동무하며 끈적거리는 연인은 몰래 지켜봐 봤자 조금도 볼 만한 장면이 없고, 오히려 서로 서먹서먹한 연인일수록 맹렬한 장면을 연출한답디다."

"정말 그 말대로라면 남자와 여자는 역시 서로 싸우거나 이해하지 않는 편이 좋은 걸까요?"

나는 남녀공락공영권을 이상적인 사회로 여기고 있었는데, 완전히 자신감이 무너져서 아저씨에게 물어봤다.

"당연하지요. 꿈에도 남녀공락 따위 생각해서는 안 돼요. 남녀가 으르렁대는 것이야말로 이상적인 관계입니다. 남자는 여자에게 화났을 때야말로 '해치우겠다!' 하는 마음이 들어서 확 끌어안고 자는 거라고요. 마누라에게 좀 화가 나고 불만이 있어야 '에잇, 이런' 하다가 마음이 동하게 되는 거고요. 남자의 리비도는 '화난 김에'라는 놈입니다."

아저씨, 드디어 의기양양.

○

야구를 잘 몰라요

오 사다마루王貞治* 선수가 세계신기록을 내서 정부가 그에게 국
민영예상을 줬다고 한다. 웃기는 일이다.

　모든 사람들이 왁자지껄 "굉장한 쾌거다!" "대단한 선수다!" 하
고 칭찬하는 것이 이미 훈장일 텐데, 따로 국민영예상이라며 훈장
을 주다니. 얄팍한 인기 정책이다.

　기껏해야 야구 아닌가. 이 '기껏해야'라는 말이 붙기 때문에 야
구가 야구다운 것이다. 야구는 서민의 것, 대중의 것, 일반 평민의
것이다.

* 일본에서 태어난 중국 국적의 전 프로야구 선수이자 감독.

모두가 와자지껄 소란을 떨며 '우리의 영웅'이라고 하는 사람을 중간에 정부가 끼어들어 "이쪽으로 오세요, 이거 줄게요" 하고 부르는 것은, 그 인기를 '자기 쪽'으로 만들려는 얄팍한 수작이다.

매우 훌륭한 일을 하지만 일의 성격상 사람들 눈에 잘 띄지 않는 사람에게 상을 주고 영예를 주는 것은 정부가 해도 좋다. 말뿐인 영예가 아니라 연금을 준다든가 고액의 상금을 준다든가 하면 더 좋겠다.

그러나 이미 인기를 누리고 있는 사람에게 다시 정부가 상을 수여할 이유는 없다고 본다.

야구는 '놀이'다. 그래서 모두 열중하는 것이다.

'놀이'에 정부가 이러니저러니 간섭할 건 없지 않은가.

가모카 아저씨도 내 의견에 찬성했다. 다만 아저씨는 한신 팬인데, 그래서 나도 어느 쪽인가 하면 한신 팬이지만, 오 선수는 그 표정에서 강인한 의지가 느껴지는 남자다운 사람이라서(전에 신칸센 안에서 봤다) 요미우리 선수인데도 좋아한다.

"아저씨, 이런 생각은 어떨까요?"

나는 무척 좋은 생각을 해 냈다.

"야구팀에 여자를 넣으면 어떨까요? 좀 더 재미있어지지 않을까요?"

"뭐 그런 엉뚱한 소리를. 그러면 야구에서 인생의 교훈이나 감회를 이끌어 내려는 '성실한' 인간이 화를 낼 겁니다. 야구는 '놀이'니까 남자들끼리만 한다고 뭐라고 할 거 없어요. 다카라즈카 가극寶塚歌劇*도 '놀이'니까 여자들만으로 할 수 있는 거고요. 하지만 정치는 '놀이'가 아니니까 여자를 섞어야 해요. 앞으로 여자가 각료나 수상 같은 걸 더 많이 하게 될 거예요."

나는 전에 '여자의 내각'이란 제목으로 SF 라쿠고**를 썼는데, 실제로 여자만으로 구성된 정부가 만들어질 수 있을까?

"아니, 그건 안 됩니다. 남자만, 여자만 하는 것은 자연의 섭리에 반하는 거예요."

아저씨는 술잔을 내려놓고 단호하게 말한다.

"뭐든 남자랑 여자랑 섞여 있어야 건전해집니다. 남자만으로 하게 되면, 여자만으로 해도 마찬가지고, 자기들끼리 너무 쉽게 의기투합해서 안 돼요."

그건 그렇겠지요. 남녀공학인 학교보다 남학교, 여학교로 나뉘어 있는 쪽이 서로 간에 훨씬 뭉치기 쉬울지도 모른다.

"의기투합이 너무 잘되면 한꺼번에 한곳으로 쏠리게 되지요. 파시즘이 되기 쉬워요. 그래서야 뭐는 제대로 될 수 있겠습니까. 남

* 다카라즈카 가극단은 전부 여자로만 구성되어 있다. 남자 역할까지 여자가 한다. 꽃, 달, 눈, 별, 하늘이라는 다섯 개 조가 교대로 공연한다.
** 라쿠고는 한 사람의 라쿠고카(落語家)가 다양한 인물을 연기하며 이야기를 들려주는 일본의 전통 예능으로 현재까지 전승되고 있다.

자만의 세계, 여자만의 세계는 양쪽 모두 그 안에 뭔가 수상쩍은 것들이 가라앉아 쌓이게 됩니다."

"예를 들면 어떤 거죠?"

"옛 군대의 병영이나 절을 생각해 보면 알 수 있지요. 여자의 경우는 옛 구중궁궐이나 여학교, 모계가족, 비구니 절은 그렇다 쳐도 무녀라든가 노로祝女* 같은 집단은 뭔가 어둡고 우울한 도깨비불이 타는 느낌을 주잖습니까."

"그건 으음, 군인은 의기투합이 안되면 전쟁할 마음이 들지 않을 거고, 무녀나 노로는 정신 통일을 할 수 없어서 장사가 안될 테지요."

"남녀가 섞여 있게 되면 굳이 전쟁을 하지 않아도 되고 신내림도 쓸데없는 일이 되지요."

"한데 섞이면 어떻게 되는데요?"

"쓸데없이 머릿속에 힘줄 일 없어지고 괜한 신비주의도 없어지지요. 여자에게는 금지된 탱크 부대라든가 남자는 안 되는 신내림도 없어져요. 군함에도 여자 화장실이 만들어지고 신사에서는 여자 신관 뒤에 남자 오미코**가 따르는 겁니다. 그렇게 성에 따른 차별이 사라지면 음습한 지배도 없어져요. 뭔가 북적북적하며 여러

* 오키나와에서 부락의 제사를 맡아 하는 세습 무녀.
** 신사에서 무악(巫樂)을 하는 사람. 주로 미혼 여성이 한다.

사람이 목소리를 내는, 참으로 바람직한, 통풍이 잘되는, 밝은, 매사 아무 일 아닌 것처럼 자연스러운 사회가 되는 거지요."

아저씨는 단숨에 기세등등해져서는 말한다.

"하지만 야구는 '놀이'니까 남자만 하는 것도 재미있습니다."

그런 이야기를 하고 있는데 탤런트 스에히로 마키코末広真樹子 씨가 놀러 왔다. 이 사람도 오 선수의 신기록에 열광.

"저기요, 저기요, 이런 우스개 알아요? 오 선수가 두 다리였으면 좀 더 빨리 신기록을 냈을 것이다…… 라고."

아저씨와 마키코 씨 둘 다 그 얘기에 웃음을 터뜨리는데 나는 어디가 재미있다는 건지 알 수 없어서 머리가 벗겨질 만큼 생각한 끝에

"오 선수가 다리가 셋이었나?"

라고 물었더니 둘은

"아니, 어찌 그런 바보 같은 소리를!"

"아이고, 이런 사람 방송에 잘못 내보냈다간 큰일 나지."

하고 그야말로 이구동성으로 난리다.

"오는 외다리 타법이잖아. 그것도 몰랐다니 바보 아냐?"

그제야 앗 그렇군, 뭔가 홀수라는 건 기억이 났었는데.

난 실은 야구를 잘 몰라요. 야구치野球癡의 입장에서 보자면 국민영예상이란 건 오 선수에게 어울리지 않습니다.

○

남자의
뒤처리

세토 내해[*]에 적조가 발생해 양식 새끼 방어가 떼죽음을 당했다는 뉴스를 접하고 몹시 슬펐다. 경제적 손실이 안타깝다든가 해서가 아니다.

업자들은 손해를 봐서 속상하다고 말하겠지만 나는 새끼 방어가 불쌍해서 슬픈 것이다. 숨 막히는 고통을 겪으며 죽어 간 새끼 방어가. 어차피 죽어서 사람에게 먹힐 새끼 방어지만 숨을 못 쉬어 죽다니 무참하다.

생명체를 호흡곤란으로 만들어서는 안 된다.

---

* 일본 혼슈 서부와 규슈, 시코쿠에 에워싸인 다도해.

하얀 배를 드러내고 눈을 뜬 채로(당연하다. 물고기가 눈을 감으면 무섭다.) 죽어 있는 새끼 방어를 보니 불쌍해서 눈물이 났다. '괴로워, 숨을 못 쉬겠어.' 적조 속에서 고통으로 몸이 뒤틀렸을 것이다.

"어떻게 좀 할 수 없을까요."

소용없는 줄 알면서도 나는 가모카 아저씨에게 호소했다.

"그러게 말입니다. 나도 생선 좋아하는데 불쌍하네요."

아저씨도 바닷속에 가라앉았다가 그물로 끌어올려지는 새끼 방어를 텔레비전으로 보고 있다.

"핵무기 같은 거 만들 능력 있으면 적조 좀 어떻게 할 수 없는 걸까요? 남자들은 총이나 탱크 좋아하는데, 그런 거 만들 지혜와 시간과 돈 있으면 적조나 어떻게 좀 해 줘요."

"글쎄, 핵무기 쪽이 재미는 더 있는걸요."

아저씨는 시치미를 뗀다. 재미있는 것만 하면 곤란하지요.

"어쩔 수 없어요. 인간이란 게 원래 재미없는 건 하고 싶지 않으니까요."

"탱크나 고사포 같은 남자의 장난감이 어떤 점에서 재미있다는 거예요?"

"파괴한다는 게 재미있지요. 인텔리와 문화인이 뭐라 한들 그게 남자의 본능이에요. 쿠쿵 타타타타 철컥 타앙 위잉 드드드드. 그런 거 본질적으로 싫어하는 남자가 있을까요."

"아저씨도 좋아하세요?"

"싫진 않아요. 그에 비하면 적조 없애기 같은 수수한 일에는 좀처럼 마음이 동하지 않네요. 게다가 그건 뒤처리하는 일이기도 하고. 남자는 원래 요리하는 건 좋아도 설거지하는 건 싫다. 문짝 종이 찢는 건 좋아도 구멍을 메우는 건 싫다. 느닷없이 싸움을 시작하는 건 좋아도 화해하는 건 싫다. 요란하게 싸우고는 이만 헤어져, 관계를 끊어, 하고 호적에서 빼는 건 좋아도 다시 넣는 건 싫다. 땀 흘리며 설득하는 건 좋아도 그러고 나면 얼굴 보는 것도 싫다……."

왜 얘기가 엉뚱한 쪽으로 빠지나.

"적조 얘기를 하는 거잖아요. 적조를 어떻게 좀 하는 거야말로 인간에게 중요한 일이에요."

"그런 진지한 일은 여자한테 맞는 게 아닐까요? 그러고 보니 여자는 뒤처리하는 걸 좋아하지요. 남편과 아이가 남긴 음식을, 심지어 냉장고 속 상하기 일보 직전의 음식을 '아까워' 하고 입에 넣지를 않나…… 치약 뚜껑이 열려 있으면 닫고, 방문이 열린 채로 있으면 닫고, 켜 놓은 전등은 끄고, 쓰레기는 주워서 쓰레기통에 넣고. 남자는 엔간해선 그런 재주가 없어요. 그러니까 수수하고 진지한 뒤치다꺼리는 여자한테 맡기는 게 맞아요. 부디 잘 부탁드립니다."

좋다. 그러면 여자에게 맡겨라.

여성학자, 여배우, 자꾸자꾸 나와서 '남자 뒤치다꺼리 본부'를
만들어 분발해 보자.

몇 번이나 하는 말이지만, 관계나 학계나 정계나 여자가 더 들
어가도 좋겠건만 남자만으로 굳건히 성을 쌓는 것은 남자들이 실
로 해괴한 편견에 사로잡혀 있기 때문이라고밖에 달리 해석할 길
이 없다.

남자의 그러한 편견은 몇 천 년 동안 갈고 닦인 것이고 동서양
을 불문한 것이기도 해서, 이걸 하나하나 타파해 가려면 적지 않
은 시간이 걸리겠지만 그래도 끈기 있게 노력해야 한다.

요즘은 여자가 쓴 포르노도 나돌고 포르노 팬 중에 여자도 많고
여자가 쓴 섹스 리포트도 제법 그 수가 많아졌다. 연구에 열심인
사람이나 재능이 있는 사람은 더욱더 연구의 깊이를 더해 가기 바
란다. 그리고 계속해서 남성 여성 모두 깨우쳐 주기 바란다.

"그런데 그 섹스 리포트란 거 좀 그래요."

아저씨는 여기저기서 얘기도 듣고 주간지 소개란에서도 읽었다
고 한다.

"계몽해 주는 것은 좋지만 뭐랄까, 그런 거 다 실제 상황에 적용
하려 하면 너무 신경 쓰여서 말입니다. 한꺼번에 여러 가지를 들
으면 헷갈려요. 성실하고 고지식하고 심성이 고운 남자일수록 더
혼란스러울 겁니다."

그러면 된 것이다.

도대체 여자를 배려하면서 무엇을 하는 남자가 하나라도 있었는가. 여성잡지 좀 봐라. 남자가 얼마나 자기 본위대로 했는지. 에도시대의 나쁜 사무라이 문화가 300년 후에도 그대로 이어져 여전히 남성 중심의 무엇이지 않나. 무엇은 무엇을 하기만 하면 되는 게 아니다. 남자가 너무 벽창호이기 때문에 여자는 그만 참을 수가 없어져서

"저기, 그게 아니에요. 마음 상하지 말아요. 그게 아닙니다. 완전히 빗나갔어요."

라고 조심조심 말해 본 것이 요즘 여성이 쓰는 섹스 리포트다. 이것도 말하자면 '남자 뒤치다꺼리'의 한 분야일 것이다.

"으음, 뭐 일리가 없는 얘기는 아닌데요, 하지만."

하고 아저씨는 입맛을 다신다.

"여자는 모든 것에 지나치게 성실하려고 해요. 뭐든 그렇게 성실하려 들면 남자는 어디를 보고 있어야 좋을지 모른다고요."

적조 얘기가 이상한 데로 빠져 버렸다.

○

보물

니시나 아키코仁科亜季子* 씨가 부모가 허락하지 않는 남성 곁으로 달려갔다고 해서 주간지 뉴스거리가 되고 있다. 딸에 대한 부모님의 근심, 걱정은 이해 안 가는 바 아니지만 '이와이 한시로岩井半四郎** 씨, 딸 일은 그냥 딸에게 맡겨 두는 게 어떨까요'라고 나는 말하고 싶다.

스물 넘은 다 큰 딸이 하는 일인데, 굳이 부모가 딸을 대신하여 세상에 사죄한다는 게 좀 이상하지 않나요?

그 문제는 마쓰카타 오빠와 그의 부인, 니시나 아키코 세 명이

* 일본의 여배우.
** 니시나 아키코의 아버지, 가부키 배우.

해결할 일이지, 부모가 나서서 어찌해 볼 수 있는 일이 아닌 것이다.* 일본이라는 나라는 도대체 언제까지 다 큰 자식을 아이처럼 취급하려는 걸까.

부모와 자식이라는 관계가 언제까지고 계속 따라다닌다는 건 생각만 해도 구질구질하고 음울하다. 그런 나라에서는 아무리 시간이 흘러도 인간은 어른이 되지 않는다. 서른이 되고 마흔이 돼도 부모에게 계속 기대게 된다. 나이깨나 먹어서 베레모 쓰고 다니며 여자들을 추행한 색마를 두고 그의 부모가 "아가야"라고 불렀던 일을 그냥 우스갯거리로만 넘길 수 없다.

부모와 자식이라는 인연을 끊고 피차 사회인 대 사회인 관계가 될 수는 없을까.

오 사다마루 선수가 신기록을 낸 것은 그가 노력한 덕인데, 굳이 부모가 경기장에 나와서 갈채를 받을 이유는 없지 않은가.

겐 나오코**와 나이토 야스코***가 대마를 피웠다 한들 그것은 그녀들의 개인적인 소행인데, 어째서 굳이 나오코 씨나 야스코 씨의 부모님까지 나와 세상에 사과해야 하는가!

그런데 뭐냐! 텔레비전은 그녀들의 부모님을 붙잡고 "어머니 어

* 니시나 아키코와 유부남 배우 마쓰카타 히로키의 스캔들 사건을 두고 하는 말이다.
** 일본의 가수 겸 배우, 코미디언.
*** 일본의 가수.

떻게 생각하세요?" 하고 힐난하고, 부모로 하여금 울면서 "세상을 떠들썩하게 해서 죄송합니다"라고 말하게 만들고야 만다. 이건 약자만 골라서 괴롭히는 매스컴의 횡포, 음험하고 간악한 횡포다. 일본에서 가장 고루한 행태를 보이는 건 바로 매스컴이다!

"죄송합니다."

가모카 아저씨는 내가 흥분해서 목소리 높여 난리를 치자 깜짝 놀라서 들고 있던 술잔을 털썩 내려놓으며 고개를 떨어뜨렸다.

"일본의 텔레비전은 쓰쓰이 야스타카* 씨를 본받아라!"

쓰쓰이 씨는 아버지로부터 오는 전화나 편지의 무례함에 종종 마음이 상하다가 결국 '울컥'하고 '분노한 나머지 거의 광란이 되어' 그 자리에서 전화로 아버지에게 '절교'를 선언했다. 부모와 자식은 어른이라면 그 정도는 되어야 한다. 대마초를 피웠다는 연예인을 끌고 가는 일본의 경찰을 보면, 그 연예인이 잘했다는 것은 아니지만 약자만 골라서 권력을 행사한다는 느낌을 지울 수 없다. 그렇게 힘자랑하고 싶으면 폭력단이니 우익이니 정계 인사니 힘깨나 쓰는 인간들이 벌이는 범죄 단속에도 힘써 줬으면 한다. 일본 항공기 납치범 부모의 집이 텔레비전 뉴스에 나오고 수색당했대요!

* 일본의 대표적인 SF 소설가이자 영화배우. 대표작《시간을 달리는 소녀》《파프리카》등 기발한 상상력이 돋보인다.

"네, 네……."

내가 고함치자 아저씨는 허둥지둥 자세를 바로잡고 고개를 떨어뜨린다.

"그게 뭡니까. 누가 자기 부모 집에 증거 서류와 참고 서류를 놔두는 바보짓을 하겠어요. 부모 집을 뒤지고 그걸 방송에 내보내는 건 정말 못된 짓이에요. 죄를 범하면 구족을 벌해야 나라님에게 반항하는 괘씸한 인간이 없어질 거라 생각하는 모양이에요! 왜 어른인 남자와 여자가 한 일을 놓고 그 부모를 불러서 괴롭혀! 부당하다!"

"자, 자, 한잔 드세요."

아저씨는 주뼛주뼛 나에게 술을 따르며

"저, 요전번에 기무라 빵집의 젊은 상속자가 도박을 하다가 잡혀 갔는데, 그것에 대해서는 어떻게 생각하세요?"

"그건 괜찮아요."

나는 의젓하게 고개를 끄덕이고

"그런 뉴스는 즐거워요. 뭔가 서민들 가슴에 희망의 등불이 켜지는 것 같았다고나 할까. 그 젊은 상속자에게는 국민영예상을 줬으면 해요. 생각해 보세요. 재산가, 대기업, 일류 실업가의 자녀가 한결같이 뛰어난 인재라서 부모나 조상이 남겨 준 돈과 사업을 빈틈없이 지키고 전보다 사업을 더 크게 키워 돈을 모조리 긁어 가면 서민은 어쩌라고요. 시간이 아무리 흘러도 고생한 것에 보답받을 길이 없잖아요. 방탕한 부잣집 아들이 물려받은 재산을 탕진해 줘야 세상이 잘 굴러간다고요. 대대로 내려온 상점의 젊은 주인이 도박을 했다. 이건 사리에 맞는 일입니다. 경하할 만한 일입니다. 기무라 빵집을 이용합시다!"

아저씨는 말끝마다 '!'가 붙는 내 기백에 압도되어 오늘 밤은 가만히 경청만 한다. 한 귀로 듣고 한 귀로 흘리자는 심정인가 보다. 그래도 내 기분을 맞춰 주기라도 하듯 "그래, 오세이 상이 바라는 사회는 어떤 사회입니까?"라고 물어봐 준다.

"잘 물어보셨어요. 그건 횡으로 이어지는 사회입니다. 부모와 자식의 관계처럼 끊으려야 끊을 수 없는 사이라는 식의 축축하고 불쾌한 종縱의 사회보다는 횡橫으로 사이좋은 편이 구김 없고 통풍도 잘되고 좋잖아요. 부부, 연인, 정인 뭐든 좋아요. 남자와 여자가 사이좋게 지낸다, 배려하고 배려받는다, 그런 조합이야말로 이 세상의 보물이에요. 물론 이러한 조합을 유지하려면 돈은 들겠지요. 경제적 여유가 없으면 초조해지니까……. 자식은 가난해도 만들 수 있지만 사이좋은 남녀는 가난해서는 생기지 않아요. 그래서 이것을 바로 '보물'이라고 하는 거예요. 자식 만들기보다 보물을 만들자!"

"말씀을 거스르는 거 같아서 좀 그렇지만, 그런 보물만으로는…… 글쎄요. 아이도 필요 없고 단지 술과 이야기 상대만 있으면 된다니, 전 반대입니다. 남녀가 서로 끌어안고 자다가 아이도 낳고 부모가 되는 것도 좋지 않을까요?"

아저씨는 조심조심, 하지만 능글능글 말한다.

○

훈계

중학생 여자아이가 스트리퍼가 되고 고등학생이 매춘을 하는 등 골치 아픈 세상이다.

그런 일을 하다가 발각된 여자아이들은 하나같이 "좋아서 하는 것뿐인데 왜 그래요?"라든가 "다른 사람한테 민폐 끼치는 것도 아니고"라든가 "돈 벌어서 자립할 거예요. 내가 직접 벌어서 살겠다는데 뭐가 문제예요?!"라고 한다고 한다.(내가 직접 그런 아이를 신문하거나 취재하거나 또는 선도해 본 것은 아니다.)

이런 반응에 부딪치면 어른들은 횡설수설하게 된다.

"너 말이야, 그건 좋은 일이 아니야."

라고 해 봤자 설득력이 있을 리 없다. 어떻게 나쁜지 말해야 한다.

"미성년은 하면 안 돼."

그러면 성인이라면 해도 되냐는 응답이 돌아온다. 여하튼 그런 것은 하면 안 된다. 첫째, 뒤에서 조종하는 나쁜 어른들에게 이용 당하는 것이다. "그런 것도 모르고" 하고 야단쳐도 "이용당하지 않게 아주 많이 주의해서 개인 경영, 자영업으로 할 거예요"라고 말한다.

"몸을 파는 일을 하면 마음이 황폐해진단다" 하면, 갖고 싶은 옷 도 살 수 있고 맛있는 것도 배부르게 먹을 수 있어서 전보다 마음 이 풍요로워지고 인생도 더 즐거워졌는데요, 라며 소녀들은 어리 둥절해할지도 모른다.

"그래 가지고는 나중에 제대로 결혼 같은 거 못해"라는 어른에 게는 "그때쯤에는 그만둘 거예요"라고 소녀들은 말한다. 그 말대 로 그녀들은 정말로 아무렇지도 않은 얼굴로 고등학교를 졸업하 고 여대를 나와 웨딩드레스를 입을 테니, 정말 무슨 말을 한들 상 대가 안 된다.

좋은 일이라 생각해서 하는 건 아니라고 말하는 아이도 있을지 모르지만 개중에는 정말로 "왜 나쁜 거예요?"라고 진심으로 납득 못하는 소녀도 있을 것이다.

"닳는 것도 아니고 즐거운 일인데"라는 말을 들으면, 어른은 화 가 머리끝까지 나서 "어쨌든 그만두라면 그만둘 것이지, 말귀를 못 알아듣는구나!" 하고 고함을 치고 만다.

소녀들에게 '매춘은 악'이라는 것을 알아듣게 가르치는 것은 어렵다. 사랑이 없으면 안 돼요, 라고 말하면 우리 아빠랑 엄마는 사랑 없이도 해요, 할 테고.

그때 "놉시다" 하고 가모카 아저씨가 나타나서 나는 곧장 물어봤다.

"아저씨라면 어떻게 말할 거예요?"

이럴 때 아이들을 가르치는 올바른 태도나 방법을 알아내려면 어른들끼리 지혜를 모아야 한다.

"으음. 이건 좀 어려운데요."

아저씨도 어차피 보통 사람이다.

"아저씨도 십대 여자아이들의 원조 교제를 좋다고 생각하는 건 아니겠죠?"

"물론이지요. 봉오리일 때 벌레가 먹어서 나중에 꽃잎이 피어날 때 점점이 벌레 먹은 자국이 남는다면 무참할 것 같아요."

"그럼 뭐라고 하면서 야단칠 건데요."

"나쁜 짓이라고 가르쳐 줘도 답이 없을 테니까 화내는 대신에 네가 하고 싶은 데까지 해 보라고 말해 줄까 싶네요."

"내버려 두겠다 이건가요?"

"일 년 정도 내버려 뒀다가 다시 불러서 재미있었냐고 물어보는 거지요."

"그야 재미있었다고 하겠죠."

"아니, 그렇지 않을 거예요. 식상해서 재미없다는 얼굴이 되어 있을 겁니다. 그때 '어때, 해 봤더니 별거 아니지? 부모님이랑 선생님 눈 속이고 하는 것도 처음에는 스릴 있겠지만 점점 재미가 없어져. 안 그래?' 하고 물어보는 겁니다."

"무슨 소리예요."

"돈도 벌고 섹스도 하고 그러는 게 특별히 재미있어 죽겠는 일이 아니라는 걸 어린 나이여도 알아차릴 거라는 얘기지요. 섹스를 하는 중에는 어떨지 몰라도 끝나고 나서는 별거 아니란 기분이 들어. 가을바람의 적막함, 후회가 뼈에 사무치지. 왠지 자포자기가 돼서 받은 돈을 화끈하게 써 버리고 돈이 궁해지면 또다시 하는 거야. 그렇게 해서 또 후회해. 이 반복."

아저씨도 그런 경험 있는 게 아닐까.

"나 나름대로 젊은 시절 놀았던 경험에 비추어 말하는 겁니다. 남자아이의 그것과 여자아이의 그것은 음화陰畵와 양화陽畵의 관계로 서로 같은 거예요. 몇 번이나 그런 것을 반복하다 보면 거기에 진정한 즐거움 같은 건 없다고 깨닫게 되지요. 그래서 정말로 즐거운 건 돈을 받지 않고 좋아하는 남자와 잘 때뿐이라는 걸 깨달을 때까지 기다려 주는 겁니다. 연애를 하면 그녀들도 모두 착실해져요. 여자의 성은 본래 선합니다."

"당장 도움이 되지는 않네요."

"애초에 말로 설득한다는 게 무리지요. 정말로 즐겁다면 해라. 별거 아니란 생각이 들면 되도록 그만둬라. 가장 좋은 건 진심으로 좋아하는 남자아이랑 자고 그 아이한테서 돈을 받는 거야. 그게 바로 결혼이란다. 그러니 얼른 짝을 찾아서 결혼해. 이렇게 여자아이에게 가르쳐 주고 싶네요."

○

격언을 믿지 마라

요전번에 어느 잡지를 보는데 주부가 투고한 글에 이런 것이 있었
다. 평소 건강하기만 하던 그녀가 최근 어쩌다 병을 얻어 입원하
게 되었다. 평소에 과로가 쌓이고 쌓인 결과였다(라고 그녀가 말했
다).

집에는 남자들뿐이다. 그래서 입원해 있는 동안 남편과 아들 넷
(대학생에서 중학생까지)을 돌보기 위해 가정부를 고용해야 했다. 한
편 병원에 입원해 있는 동안 간병인도 고용해야 했다. 간병인이야
그렇다 쳐도 가정부는 일이 쉽지 않다. 아들 넷은 제각각 자기 편
할 때 밥을 먹기 때문에 칠판을 만들어 아침점심저녁으로 선을 그
어 칸을 나누고 식사가 필요한 사람은 원하는 칸에 자기 이름과

052

함께 동그라미 표시를 한다.

이렇게 해서 가정부에게 일을 맡겼는데, 병원과 집을 합쳐서 인건비가 하루에 X만 엔이 나오는 것을 보고 주부는 다음과 같이 절절히 통감했다.

"주부가 입원하면 돈이 많이 든다. 앞으로는 주부가 입원할 때를 대비해 평소 저금을 해 둬야 한다는 걸 알았다."

나는 그 지점에서 웃음을 터뜨리고 말았다.

나는 주부가 아파서 입원할 것에 대비하여 남자아이도 집안일을 할 수 있게 교육시켜야겠다고 말할 줄 알았기 때문이다.

참으로 남자아이에게 너그럽네요. 어째서 그런 얼빠진 생각으로 사는 걸까요. 자식이 넷이나 있고 더구나 체력이 남아도는 나이들이니만큼 하루에 삼십 분 정도 분담해서 하면 밥하고 빨래하고 청소하는 건 거뜬히 해낼 수 있다.

오늘날은 이럴 때를 위해 인스턴트식품도 많이 나와 있다. 그러니 집안일을 남자가 하든 여자가 하든 다를 게 없다. 남자들도 최저한도의 생활 유지 정도는 할 줄 알아야지, 안 그러면 나중에 아내가 도망이라도 갔을 때 속수무책이 되고 만다.

무엇보다 나는 그 아들들의 배려 없음에 놀란다. 어머니가 입원했다면 가정은 비상시다. 전시 상태다. 평상시와 똑같이 편하게 지낼 생각하면 안 된다.

그러니 모두 마음을 써서 평소에도 많이 나가는 돈을 조금이라
도 아끼기 위해 노력하면 좋지 않을까. 할 수 있는 일들을 찾아 스
스로 해서 아버지에게는 돈 걱정 끼치지 않고, 어머니는 안심시켜
드려 얼른 회복하시면 좋지 않을까. 돌아가며 식사 준비를 하는
거니까 맛이 있네 없네 하고 평소처럼 불평하면 때려눕히겠다는
기세를 가지고 말이다.

뭐 이 정도라면 TV 홈드라마 수준이겠지만, 그래도 이 정도의
배려와 주변머리는 있는 남자아이로 키웠으면 한다. 수험 준비 때
문에 바쁘니 어떠니 하며 집안일 할 상황이 아니라고 할 테지만,
만약 네 아들이 아니라 네 자매였다면 가정부를 고용했을까.

대중은 〈뿌리〉*라는 TV 드라마에 감탄하여 새삼스럽게 자유와
평등과 존엄을 말하고 차별을 비판하지만, 현실에서는 가차 없이
이런 남녀차별을 하고 있다. 남자아이를 잔뜩 과보호하여 키우는
것이다.

그러므로 남자는 아내가 없으면 아무것도 못한다. 그런 까닭에
아내를 가정에 가둬 두고 싶어 한다. 오로지 자신을 돌봐 주는 어
머니 대신의 인간으로 아내를 보는 것이다.

나야 뭐 새삼 그런 젊은 남자를 남편으로 둘 걱정 없으니 과보

* 미국의 흑인 소설가 알렉스 헤일리의 동명 소설이 원작인 드라마.

호든 아니든 별 관계없다. 남자들이 모두 상전이나 폭군으로 키워진다 해도 나는 이제 상관 않는다.

다만 내 뒤를 잇는 젊은 여자들이 불쌍해서 한마디 하는 것이다. 이런 식이라면 젊은 여자들이 언젠가는 이 주부같이 과로로 입원하게 될 게 눈에 선하다. 그렇게 된들 어쩔 도리 없다. '남자에게는 집안일을 시키지 않는 법'이라고 덮어놓고 믿는 사람들에게는 무슨 말을 해도 소용없다.

이 밖에도 요즘 사람들이 옳다고 굳게 믿는 것 중에는 어이없는 게 한둘이 아니다.

예를 들어 통계란 걸 생각해 보자. 통계를 그렇게 순진하게 믿어도 좋을까.

누구나 별다른 근거를 갖고 있지 않기 때문에 통계를 신뢰하지만 "통계가 그렇습니다" "통계에 의하면……"이라고 해서 덮어놓고 믿어도 좋은 것일까.

지금 사회에서는 통계가 신앙으로 굳건히 자리 잡고 있어서 통계 같은 건 믿을 수 없다고 하면 '무슨 소릴 하는 거야, 이 바보가' 하는 얼굴로 쳐다본다.

나는 통계란 과학이라기보다 일종의 놀이가 아닐까 생각한다. 통계를 너무 믿다 보면 본질을 놓치게 되는 건 아닐. 그러므로 '과학적 데이터' 운운하며 통계 수치를 들이밀더라도 한 번이나 두 번은 '정말일까' 하고 생각해 보는 게 좋을 것이다.

말 나온 김에 하나 더 말하자면, 신문을 보면 1면에 정치 기사가 실려 있다. 도대체 왜 정치 이야기가 맨 앞에 나와야 하는 걸까. 사회면이 맨 앞에 있고 생활면 아래쯤에 '엔화 가치 상승' '후쿠다 수상과 국회' '중동 분쟁' 등의 기사가 실려도 좋지 않을까. 정치 기사가 다른 기사에 앞서 배치되다 보니, 정치가 가장 우월하다고 다들 착각한다. 정말 왜 신문 1면을 정치 기사가 점령하고 있는지 이것도 생각하면 신기한 일이다. "모든 것을 의심하라"고 마르크스는 말했다.

가모카 아저씨가 이쯤에서 드디어 끼어들었다.

"하지만 대단한 사람이 남긴 격언 같은 것이야말로 악의 근원일지 몰라요. 그것도 믿지 않는 게 좋습니다."

이 사람이 끼어들면 이야기가 천문학적으로 확대되고 만다.

○

검은 스웨터

주부가 쓴 투고문을 거듭 공격하게 되어 정말 죄송하지만, 그래도 실제로 주부 중에는 기상천외, 이상야릇한 발상을 가진 사람이 적잖이 계시다.

어느 비만인 주부가 살을 빼기로 굳게 마음을 먹는다. 그녀는 먹는 걸 어떻게든 줄여 보기 위해 일주일에 한 번 내지 두 번 저녁밥 안 먹는 날을 정하고, 남편더러 그날은 밖에서 먹고 오라고 했단다. 이 남편은 밖에서 먹고 오라는 아내의 말을 고분고분 따라 주었다. 참 착한 남편이다.

하지만 나는 이 남자가 참 안됐다는 생각이 든다. 저녁밥을 안 먹기로 한 것은 부인 쪽이니 남편에겐 저녁 밥상 차려 주고 자신만 안 먹으면 될 게 아닌가. 또는 가끔 남편이 일 때문이든 친구 때문이든 밖에서 저녁 먹고 들어올 때 그때 혼자서 거르면 될 것 아닌가. 이 주부의 발상은 아무리 생각해도 나로서는 이해가 안 간다.

"눈앞에서 먹는 걸 보면 괴롭기 때문 아닐까?"

하고 곱게 나이 먹어 가는 노처녀 친구가 말했다.

"물론 나야 늘 혼자서 밥을 먹으니까 상대가 먹는 걸 보면 덩달아서 먹고 싶어질지 어떨지 잘 모르겠지만."

그래도 그렇지요.

나라면 내 사정을 앞세워 남편에게 "밖에서 먹고 와요"라고 밀어내는 짓은 도저히 못한다. 하루 온종일 일하고 돌아온 사람에게 따끈따끈한 저녁밥을 내놓는 것은 주부의 임무일 텐데, 어떻게 그것을 포기하면서까지 자기 살 빼는 데만 광분하는 것일까.

한편으로 이 주부도 어쩔 수 없는 여자구나 하는 생각을 한다. 날씬하고 예쁜 여자가 되고 싶어서 다른 것은 눈에 들어오지 않는다. 본말전도라는 것도 의식하지 못한다. 이 주부는 배고프다, 더 먹고 싶다는 욕망이 일면 마음속으로 검은 스웨터, 검은 스웨터 하고 중얼거린다고 한다. 검은 스웨터를 입을 수 있는 날씬한 여자이고 싶다, 살이 빠지지 않으면 검은 스웨터는 입을 수 없다, 그런 생각을 하며 식욕을 억누른다는 것이다.

여자의 욕망이라는 것은 종종 남자에게는 잔인할 수 있다.

또 하나. 요전번에 읽은 어떤 투고에서는 일요일 아침에 아이들을 깨웠더니 "아빠도 자는데" 하고 불평을 하더란다. 그래서 자녀 교육을 위해서 남편도 일요일 아침 일찍 일어나게 한다는 것이다.

이것도 그 '남편'이 수긍한다면 다행이지만, 그래도 나는 그 남편이 불쌍해서 눈물이 난다. 매일 아침 일찍 일어나 회사에 나가는 남자에게 일요일 하루 정도는 늦게까지 푹 자게 하는 게 좋지 않을까. 하루 종일 자다 깨다 멍하니 텔레비전 보는 정도의 사치는 누리게 해 주는 게 좋지 않을까. 아이가 "아빠도 자는데" 하고 불평하면, 아이와 아버지는 똑같을 수 없다고 아이에게 가르쳐 주는 게 오히려 주부가 할 역할 아닌가.

남자를 좀 더 소중히 여겨야 한다고 생각한다.

나는 요즘 짧은 구간을 오가는 정기권을 사서 아침 러시아워의 전철을 탄다. 짝꿍이 나가는 시간에 함께 나가기도 하니까 살짝 회사원이 된 기분이다. 집에 틀어박혀 있으면 조금도 걷지 않기 때문에 정기권이라도 끊으면 밖에 나가게 될까 싶어 시작한 일이다.

비 오는 날에도 나간다. 짝꿍은 고베까지 가지만 나는 어머니가 계신 무코노소의 맨션까지 가거나 쓰카구치 역에 내려서 우동을 먹고 돌아온다. 역 계단을 오르내리고 십 분 정도 전철을 타는 것만으로도 대단한 노동이다.

통근 전철이 피곤한 것은 서로를 밀쳐 내는 악의에 찬 인파 속에 몸을 던져 놓고 견뎌야 하기 때문이다. 그러한 피로감은 집에 있으면 없다. 무시무시한 인파 속을 왕복하느라 심신이 닳는 남자들을 주부는 듬뿍 치하하는 게 마땅하다고 나는 전철을 타고 왔다 갔다 하면서 진심으로 느낀다.

그 대신 남자들도 여자를 배려하는 마음을 가져야 한다. 여자의 능력을 인정하고 여자가 능력을 계발할 수 있도록 도와야 한다.

어젯밤 텔레비전 뉴스에 대학교 학장 몇 십 명이 모여 내년 입시에 대해 협의하는 장면이 나왔다. 그런데 그중에 여자 학장은 한 사람도 없었다. 이것도 생각하면 이상한 일이다. 왜 여자 학장은 하나도 없는가 말이다.

어느 세계에서든 남녀가 섞여 있는 게 자연스러워 보인다. 그리고 그 근본은 뭐냐 하면, 여자는 남자를 소중히 여기고 남자는 여자를 따뜻하게 배려하는 것이다. 남녀가 서로 자기 입장만 생각해서는 안 된다.

가모카 아저씨는 내가 뱉어 내는 수다를 들으며 크게 하품하더니 "어이쿠, 그 남편이야 아내한테 그렇게 친절하게 할 필요가 없어요. 저녁을 안 주겠다고 하면 오히려 '살았다!' 할걸요. 맛없는 아내표 수제 요리 안 먹고 밖에서 맛있는 걸 사 먹어도 된다니 '이게 웬 떡이냐'지요. 검은 스웨터가 어울리든 안 어울리든 어차피

마누라한테는 관심이 없다 이겹니다. 얼마든지 밖에서 먹어 줄 수
있다 이겹니다."

○

이러지 마세요

연말연시에 나는 스무 날이나 놀았다.

열흘쯤은 집을 나가서 놀고 열흘쯤은 집 안에서 뒹굴뒹굴하며 놀았다. 가사 도우미도 오지 않아 세 번의 식사를 직접 만들고 잘 자고 그리고 또 뭘 했더라?

여류 작가 중에는 여러 날 글을 쓰지 않으면 괴로워서 울고 싶 어진다고 하시는 분이 있지만, 나는 그런 거 하나도 없다. 연필을 어떻게 쥐는지조차 다 잊고 맨션 베란다에서 흘러가는 구름을 한 가롭게 바라봤다.

나는 본래 게으름뱅이인지도 모른다.

밤이 되면 가모카 아저씨와 향토 술 '오테가라大手柄'의 '시보리

타테しぼり立て'를 주거니 받거니 마신다.*

"이제 쓰는 것도 슬슬 그만둬요. 얼마 안 남은 인생이잖아요. 모처럼 주어진 생명을 보람 있게 사용해야지요. '펜을 쥔 채 숨이 끊어지다' 같은 안타까운 짓은 안 하는 게 좋아요."

아저씨는 게으름뱅이 양식업자다. 그리고 보니 내가 좋아하는 배우 하나야기 요시아키花柳喜章** 씨는 무대에서 쓰러져 죽었지. 합장.

"하나야기 씨는 그렇다 치고, 오세이 상이 펜을 쥐고 순직해 봤자 누가 감동하겠어요. 괜히 시선 끄는 짓 하지 마세요."

아저씨의 입을 통하면 시선을 끄는 짓은 모두 다 악이다. 걸작을 쓴다, 격찬 받는다, 베스트셀러가 된다, 이게 다 악이다.

"시선 끄는 짓 하는 인간은 하층 중에 최하층이에요."

그럴까.

"조금씩 조금씩 사람들 눈앞에서 사라져 가는 게 좋은 겁니다. '어, 그 녀석 요즘 어떻게 지내지? 안 보이는 거 같던데'라는 말을 듣는 게 최고예요. 그런 생각으로 한 달 동안 일을 그만둬 본 거 아니었나요?"

---

* '오테가라'는 상표명이다. '시보리타테'는 술을 만드는 과정에서 맨 처음 나오는 순도 높은 술로 열을 가하지 않아 그 맛이 매우 신선하다.
** 일본의 배우. 대표작으로 〈산쇼다유〉 〈국화 이야기〉 등이 있다.

아니었는데요.

"여자는 말은 '아닌데요'라고 하지만, 그건 실은 대충 그럴 생각이 있다는 얘기지요. 예를 들어 호텔에 들어가려는 찰나 남자가 '자아' 하고 등을 밀면 여자들은 모두 '이러지 마세요' 하고 멈칫합니다."

"그야 당연한 거 아니에요. 미리 승낙한 거라면 모를까 아무 말도 없다가 갑자기 그러자고 하면 어느 여자가 바로 좋아, 하고 응할 수가 있겠어요."

나는 흐물흐물해져 녹아내릴 것 같은 후로후키風呂吹き*를 먹으며 말했다. 아저씨는 '시보리타테'를 쭉 들이켜고

"하지만 남자랑 둘이서 데이트하는 거고."

"네, 네."

"데이트에 응했다는 건 싫지 않다는 증거지요. 같이 밥도 먹었잖아요. 저녁밥을 어디서든 먹고 바에 가서 술도 한잔했을 것이고."

"어른의 코스네요."

"거기까지 오면 남자는 당연히 호텔에 따라와 줄 거라고 생각한다고요."

---

* 무, 순무 등을 부드럽게 데쳐서 뜨거울 때 양념된장에 찍어서 먹는 요리.

"누가 따라 갈게요, 했다고 그래요."

"하지만 어른 남자와 어른 여자가 전화로 미리 약속하고 만나서 데이트하고 밥 먹고 술 마시고는 '잘 먹었습니다' '잘 가요' 하며 헤어질 수는 없는 일 아닌가요."

"그렇긴 하지만 그런다고 해서 여자가 호텔에 가는 것까지 생각하는 건 아니에요."

나는 모든 여성의 입장을 대변하여 고집스럽게 분발한다.

아저씨는 자신이 모든 남성을 대표하기로 작정이라도 한 듯 과감하게 공격해 들어온다.

"하지만 싫다면 왜 데이트에 나왔냐고요. 나와서는 비싼 레미마르탱*까지 술술 마셔 놓고 말이지요."

아저씨는 불같이 화를 낸다. 내용이 아주 구체적인 걸 보면 아저씨의 체험담일지도 모른다.

"아, 물론 바에서 한잔하는 시점까지는 대개의 여자가 호텔까지 가도 좋다고 생각하겠지요. 하지만 막상 호텔 건물 앞에 서면 자기도 모르게 '이러지 마세요'라는 말이 나오는 법이에요."

"그러면 남자더러 이제 술집 나가서 호텔로 갈까요, 하고 여자에게 미리 동의를 구하라는 건가요? 그러면 여자는 이 남자 바보

---

* 헤네시, 마르텔 등과 함께 인기 있는 코냑.

아니냐고 생각할걸요."

"그야 그렇지요."

"그런데 호텔 앞까지 와서는 이러지 말라니 대체 그게 뭐냐고요. 뭘 그리 재냔 말이죠. 그런 허위, 위선, 허세, 거짓말이 여자의 안 좋은 점이에요. 그럴 생각 없었으면 처음부터 따라오지 말았어야지! 같이 잘 마음은 없고 단지 밥이랑 술만 얻어먹겠다, 그렇게 생각하는 겁니까!"

"그거야말로 비열한 지레짐작이에요. 여자는 섬세하다고요. 흔들리고, 이것저것 망설이고, 결심이 서지 않고, 아까운 기분도 들고, 기뻐서인지 부끄러워서인지 가슴이 두근두근하고, 어떻게 해야 좋을지 몰라 구두를 던져서 똑바로 떨어지면 들어간다, 뒤집어지면 집에 간다로 정하고 싶은, 엉거주춤하면서 애매모호한 기분, 결코 이 남자가 싫은 건 아니지만 최후의 결정타가 아쉬운, 그럴 때 '이러지 마세요'라는 말이 나오는 법이에요. 그게 여자 마음이라고요."

"뭐가 그리 복잡해요. 그런 섬세고 뭐고 전 그런 거 몰라요. 이러지 말라는 말을 들으면 남자는 화가 나서 집에 가 버리게 된다고요. 어쩌겠어요."

"아유, 바보. 왜 집에 가냐고요!"

여자는 대개 이 지점에서 남자가 보이는 그런 태도에 화가 날

것이다.

"왜 가냐니요. 이러지 말라는 말을 들었으니 가는 거지요."

"바보 멍청이. 말은 그렇게 해도 그게 뭐 꼭 집에 가겠다는 건 아니잖아요!"

그럴 때 잽싸게 집에 가 버리는 남자라면 앞으로 절대로,

"절대로 만나 주나 봐라!"

그런 남자라면 여자는 '더 이상 볼 마음 없어'라고 하지 않을까.

○

남자의 술주정

나는 미하시 미치야三橋美智也 씨가 부른 노래 〈모연母恋 눈보라〉를
좋아하는데, 이 노래는 이렇게 시작된다.

　　술 취한 아버지의 넋두리
　　도망쳐 뛰쳐나가면
　　눈보라 치는 밤길……

나는 이 부분을 들을 때마다 늘 처음 듣는 것처럼 감동한다.
이어서 애절한 가사가 나온다.

괴로운 기분은 잘 알지만

나한테만

아아, 왜 부딪치시나……

이것은 내가 어렸을 때 책에서도 자주 읽고 실제로도 보고 들은 아버지(꼰대)들의 모습, 아이들의 모습 그대로다. 그렇다.

"그래 맞아. 옛날 꼰대들, 아버지란 건 뻑 하면 애들 앞에서 술 주정을 해 댔지요."

가모카 아저씨도 말했다.

"얌전하게 공부하는 아이의 교과서를 집어 들어서는 문짝에다 내팽개치고 '술 사와!' 하고……."

"내일 소풍 가는 아이의 간식비까지 마셔 없애서 아이가 훌쩍거리고 있으면 '시끄러워!' 하고 머리를 쥐어박는……."

"비가 오든 눈보라가 치든 술 사 오라며 아이를 밖으로 내몰고……."

"아이들은 묽은 된장국을 홀짝거릴 때, 꼰대는 생선조림이나 회 같은 걸 안주 삼아 트림을 하면서 술을 마시지. 아이를 한 명씩 앞에 불러 놓고 장광설을 늘어놓기도 하면서……."

"어쩌다 말대답이라도 하면 '어디 감히 부모 앞에서 입을 놀려!' 하고 찰싹찰싹 손바닥으로 때리지. 아이들은 그러니까 할 말도 못하고 이를 악문 채 눈을 치뜨고 부모를 노려보는 거야. 그러면 이 번에는 '어딜 감히 부모한테 눈을 치켜떠. 부모 노려보는 녀석은 넙치가 된다!' 하고 또 한 방 날리는 거야……."

아저씨는 감회에 젖은 듯 말했다.

"그럴 때 엄마는 어땠었더라."

하고 나는 옛 종이연극의 추억을 더듬어 갔다. 우리 집은 오사카 서민 동네에서 장사를 했기 때문에 아버지는 그렇게 함부로 술주정을 하지는 않았다. 그러므로 나에게 술주정하는 아버지는 종이연극이나 《소녀 구락부》*에 나온 소설에서 얻은 지식이다.

"엄마는 부엌 구석에서 남몰래 앞치맛자락으로 눈물을 훔쳤어요. 아버지가 아이를 때리려고 손을 올리면 참다 못해 달려가서 아이를 감싸 안았지."

"아하."

"모자가 그렇게 부둥켜안고 울면 남편은 재미가 없어져서 밥상을 들어 올려 와장창 쿵쾅 뒤집는 거예요. 예로부터 남자는 방문을 부수거나 밥상을 뒤집어엎거나 해도 뒤처리 같은 거 안 해도 됐으니 기분이 풀릴 때까지 해 댔지요."

"횡포네요."

* 태평양전쟁이 한창일 때 일본에서 발행된 잡지. 소녀들을 위한 소설, 시가 실렸다.

"맞아요. 하지만 쓸쓸한 횡포지요. 누가 알아줘. 홀로 미쳐 날뛰는 아버지의 마음속에서는 눈물이 흐르고, 아무도 상대해 주지 않기 때문에 괜히 더 소리소리 질러 가며 손에 잡히는 것들을 마구 집어 던지는 거예요. 그러면 모자는 맨발로 눈보라 치는 밖으로 구르듯이 도망친다……."

종이연극으로 이런 내용을 보면서 아이들은 눈물을 머금는다.

손에 쥔 막대사탕을 핥는 것도 잊고 눈물 콧물 흘리면서 꼼짝 않고 종이연극에 빠져든다.

"모두 필사적으로 살았었지요."

하고 나는 감동했지만 아저씨는 말한다.

"지금은 그런 식으로 술주정을 해 대는 아버지가 없어요. 그건 아쉬운 일입니다. 술에 취해 말도 안 되는 소리를 하면서 생트집을 잡아야 해요."

"아이들한테 따돌림을 당하면 어쩌려고요?"

"아이들 머리통을 더 쥐어박으면 돼요. 술 사 와라! 어깨 주물러! 텔레비전 꺼! 이런 맛없는 걸 누구더러 먹으라고! 와장창 쿵쾅 확!"

"확은 뭡니까?"

"밥상 위 간장 종지가 날아서 방문 창호지에 핏방울 아닌 간장 방울이 점점이 튀어 있는 그림입니다."

"흐음, 그렇군요."

"홀로 미쳐 날뛰던 아버지는 드디어 대자로 누워 크게 코를 골며 자요. 모자는 숨소리도 죽인 채 깨진 그릇 조각을 모으고는 한쪽 구석에서 울다 잠들어요. 이렇게 되면 아이들은 모두 엄마를 위하는 착한 아이가 돼요. 비행소년소녀가 될 수 없는 거지요."

"과연 그럴까요."

괜히 아버지에 대한 반항심에서 나쁜 길로 빠지지 않을까요.

"아니, 어머니를 지키려는 마음에서 모두 착한 아이가 될 겁니다. 옛날 종이연극은 그랬어요. 아이는 꿋꿋하게 어머니를 지키고 어머니는 아이를 지켰지요. 그러니까 오늘날의 아버지는 좀 더 술에 취해 날뛰어야 해요."

"말이 그렇게 되나요?"

"주정을 부리려면 취해야 하고 취하려면 돈이 있어야 하지요. 아버지는 번 돈을 자기 혼자 쓰면서 맛있는 거 먹고 취할 만큼 취하면 되는 겁니다. 그래서 마음 내키는 대로 주정하고 가족을 궁핍하게 만들고 '와장창 쿵쾅 확!'을 하다 보면, 그 집 아이는 반드시 일대 결심을 하여 야무진 사람으로 커 가는 거지요. 아버지 술에 취해 주정을 하니 효자가 나오도다."

"그렇게 잘 풀리기만 한다면 다들 그렇게 할 거예요."

나는 매우 회의적인데 아저씨는 확신에 찼다.

"오늘날의 아버지는 모두 지나치게 이해심이 많고 얌전해요. 그게 아이들이 나쁜 길로 빠지는 원인 중 하나입니다. 이 땅의 모든 아버지들이여, 마음껏 술 마시고 주정도 부리시길!"

○

서로를 알다

일요일 텔레비전 프로그램 〈자, 이번 주는……〉은 구로야나기 데
쓰코黑柳徹子*씨가 나와서 《아사히신문》 기자 세 명과 수다를 떨
때가 재미있었다. 지금은 데쓰코 씨 없이 남자들만 떠들어 댄다.
재미없다.

남자들끼리 하는 수다는 볼 기분이 안 든다.

정치나 주의, 사상을 남자들은 꽤나 고상하다고 생각하여 신문
에서도 1면에 배치하지만, 읽어 보면 뭐 대단한 내용이 있는 것도

---

* 일본의 작가이자 배우. 일본 방송계 사상 최초의 토크쇼 프로그램 〈데쓰코의 방〉을 40년 가
까이 진행하고 있는 명사회자이기도 하다. 베스트셀러 《창가의 토토》는 구로야나기 데쓰코가
자신의 어린 시절을 바탕으로 쓴 자전 소설이다.

아니다. 그런 이야기야말로 여자가 끼어들어 즉물적이고 비근한 일상의 차원으로 끌어내려야 비로소 인간적인 체취가 느껴지는 법이다.

그러므로 머리 좋은 여성, 싹싹한 여성이 더 많이 활용되어야 한다. 그렇지 않으면 텔레비전은 매력 없다.

또한 그런 여자를 찾을 때는 역시 서른은 넘은, 인생의 경륜이 있는 여자들 중에서 찾아야 한다. 머리 좋고 게다가 재치도 있는 중년 여성이 더 많이 기용되면 텔레비전은 더욱 매력적으로 변할 텐데도 "젊은 게 필요해. 젊고 팽팽한 것. 여자는 젊어야 해" 따위의 말을 방송국 사람들은 하는 모양이다.

발상을 좀 바꿔야 해요, 남자들은.

영화와 달리 텔레비전에서는 적나라하게 사람의 본바탕이 드러난다. 등장한 사람이 갖고 있는 속내가 속속들이 드러나기 때문에 미모나 자태만으로는 감당할 수 없다. 인간의 본바탕이 재미없으면 어떻게 해도 모양이 나지 않는다. 그것이 텔레비전의 두려운 점이다. 하지만 그만큼 출연자의 개성이 출중하기만 하다면 영화 이상으로 볼만한 것이 텔레비전이다.

그러나 지금의 텔레비전을 보면, 스폰서나 상층부(현장도 그렇지만) 등 대다수 남자 인간들의 여성관이 여전히 고루하다.

산리오가 만들어 낸 상품이 크게 히트 친 것을 보고 요즘 남성들이 놀라는 모양인데, 우리 여성들은 그걸 당연하다고 생각한다.*
여성 심리를 통찰한 사람이 만든 상품이기 때문이다. 남자들 눈에
는 자잘하기만 할 뿐인 그 여자아이용 상품들을 보고 '이야, 찾던
게 드디어 나왔어!' 하는 느낌을 수많은 여자들이 느꼈을 것이다.

앞으로 장사하는 사람들은 여성 심리를 모르면 성공할 수 없다.

특히 새롭게 인생의 재미에 눈뜨기 시작한 중년 여성의 꿈을 충
족시켜 주는 것. 거기에 말하자면 돈 버는 장사의 핵심이 있다.

그 꿈을 채워 줄 곳이 없기 때문에 중년 여성들이 다카라즈카에
열을 올리거나 하는 것이다. 이런 부분을 찾아서 여러 가지 꿈을
만들어 팔면 분명 큰돈을 벌 수 있다. 뭐 특별히 큰돈을 벌지 않아
도 괜찮지만, 남성들이란 큰돈을 버는 거라도 없으면 여성 심리를
고찰할 생각을 아예 하지 않으려 드니 하는 말이다.

일본 남성들은(다른 나라 남자는 모르니까 할 말이 없다) 점잖지 못
한 주제에 꿈도 없는, 요컨대 유치함과 고루함만 있는, 달리 말하
자면 아이와 노인만으로 구성되어 있는 집단이다.

유유히 꿈꾸는 면이 없다. 로맨틱하게 놀 줄 아는 여유가 없다.
똑똑한 척 분석 평론만 하고, 돈과 명성만 밝히는 무리들이 많다.

---

* 산리오는 주로 선물 용품을 기획하고 판매하는 기업으로 헬로 키티, 마이 멜로디 등의 대표
캐릭터가 있다.

(그래서 제 작품 중에서도 〈하야부사와케 왕자의 반란〉* 같은 로맨스 소설은 남성들에게 평판이 나쁩니다.)

실제로 남자는 여자를 알려고도 하지 않고 완전히 핀트가 빗나간 행동만 한다. 정말로 기어이 큰돈을 벌고 싶다면 여자의 심리를 알기 위해 진지하게 노력해야 할 것이다. 여자가 탐내는, 하지만 어디서도 팔지 않는 물건이나 서비스를 찾아서 세상에 내놓아보라는 것이다.

"그렇게 생각 안 해요?"

하고 나는 가모카 아저씨에게 일장 연설을 했다.

"뭐, 그럴 수는 있겠지요."

아저씨는 별 흥미 없다는 투로 대답했다. 아저씨는 돈벌이에도 텔레비전 프로그램 질 향상에도, 나아가서는 사회현상 분석 평론에도 일체 흥미가 없는 양반이다.

"남자는 생각보다 여자를 모르지만 여자 역시 의외로 남자를 모르는 거 아닐까요. 뭐 무리도 아니죠. 사실 어두운 데서 서로 손전등 켜고 상대를 세세히 살펴볼 수는 없으니까요."

"어째서 지금 손전등 얘기가 나와요?"

"글쎄, 어느 쪽도 상대를 잘 모른다는 얘기를 하는 거예요."

* 1977년에 발표된 장편소설로 젊은이들의 순수하고 분방한 사랑과 죽음을 그렸다.

아저씨는 왠지 이야기가 이렇게 되면 갑자기 생기가 돌면서 퉁방울눈이 반짝인다.

"글쎄, 내가 아는 사람의 부인 중에는 아이 둘을 낳고도 여태 자기 남편의 그곳을 제대로 봐 본 적이 없어서 어디가 어떻게 되어 있는지 모른다고 하는 사람이 있어요."

무슨 얘기야.

"그런가 하면, 마누라의 그곳을 제대로 본 적이 없어서 내일이 벌써 은혼식인데 이대로 뭐가 어떻게 되어 있는지 전혀 모른 채 손으로 더듬는 것만으로 한평생 다하는 거 아닌가 하고 푸념하는 중년 남자도 있지요."

"아니, 난 여성 심리 얘기를 하는 건데……."

"글쎄, 심리고 육체고 뭐 다를 게 있을까요. 남자도 여자도 서로 모르는 게 의외로 많아요. 특히 여자의 경우는 남자를 모르는 정도가 의외로 심하다니까요. 그 부인 같은 경우, 사내아이를 낳고서야 처음으로 그걸 제대로 봤다고 하니까. 이러니 서로 세세한 데까지 이해할 수 없는 게 당연하지요."

○

남자의 3S

후쿠오카는 지금 물 기근이라고 한다. 급수차가 출동하여 물을 나눠 주며 돌아다니는 장면이 텔레비전 뉴스에 나왔다. 오사카로부터 급수 지원대가 잇달아 출동하여 밤낮 가리지 않고 후쿠오카까지 물을 퍼 나르고 있다.

힘들겠구나.

한 달만 비가 안 와도 연못과 강이 다 말라붙고 대도시 전체가 갈팡질팡한다. 그러니 북아프리카같이 일 년이나 이 년씩 비가 안 오면 어떤 일이 벌어질까. 생각만 해도 끔찍하다.

"별 생각 없이 살고 있지만 일본이란 나라가 의외로 삶의 기반이 허약하네요. 일본이 이렇게 위태로운데도 젊은 사람들은 어쩌

자고 아이를 낳고 싶어 하는 걸까요. 아프리카의 물 기근, 식량 기근을 남의 일이라고만 생각하는 모양이에요. 일본인은 철모르는 응석받이가 아닌가 싶어요! 겨우 한 달 비 안 왔다고 이처럼 허덕거리는데, 그런 거 잘 가늠해서 단단히 각오를 한 연후에 아이를 만들든지 말든지 해야 하는 거 아니겠어요?"

"알겠습니다, 알겠어요. 그렇게 고함치지 않아도 될 텐데요."

"일본인은 정말 세상 물정 모르는 응석받이예요!"

"앞으로 여자들의 세상이 와서 권력도 여자가 잡으면 늘 야단만 맞으며 살겠는걸요."

그래서 나와 아저씨는 만약 여성 상위 사회가 되면 남자는 무엇을 하며 살아야 할지에 대해 논의했다.

스모 같은 거에나 푹 빠져 지내면 되지 않을까 싶다. 좀 전에 텔레비전에서 새로운 스모 챔피언을 보도한 것을 보고 하는 말이 아니다. 실제로,

"스모나 투우에 몰두하면 되잖아요. 그런 거 보고 있으라고 하면 남자는 정말로 울지도 않고 혼자서 잘 놀아요. 또는 우에무라* 씨처럼 북극 탐험을 한다든가 호리에** 씨처럼 태평양을 횡단한다

---

* 일본의 탐험가 우에무라 나오미(植村直己)를 말한다. 세계 최초로 5대륙 최고봉에 오르는 기록을 세웠다.
** 일본의 해양 모험가 호리에 겐이치(堀江謙一)를 말한다.

든가 딴생각 말고 오로지 그런 것에 몰두하면 돼요. 정치니 뭐니 하는 속세의 사사로운 일은 여자에게 맡겨 두고."

하고 나는 말했다.

"맞는 말입니다. 본래 남자는 그런 걸 정말 좋아하니까. 또 그런 것에 목숨 걸고 빠져드는 남자는 얼굴도 멋져요. 잘생겼다는 말이 아니라 얼굴에서 풍기는 분위기가 좋다는 말이에요. 그 분위기에 는 뭐라 표현할 길 없는 데가 있어요."

하고 아저씨는 말한다.

"맞아요, 우에무라 씨는 멋진 남자예요. 얼굴이 동상에 걸려 엉 망이 됐는데도 멋진 얼굴을 하고 있지요."

"하지만 일반적인 세상 남자에게서는 그런 얼굴을 별로 찾아볼 수가 없습니다. 왜 그런가 하면 일반적인 세상 남자들은 3S이기 때문이지요."

"3S라니 무슨 말씀이세요?"

"이건 술이라도 마시지 않고는 자세하게 설명 못합니다."

아저씨는 짐짓 거드름을 피우며 말했다. 나는 사람이 좋기 때문에 '3S'가 뭔지 들으려고 얼른 술상을 봐 왔다.

"물 기근인 후쿠오카 시민한테는 죄송하지만 오늘의 안주는 뭡니까? 하하, 전복회랑 누에콩 데친 거. 담백해서 좋네요. 전복 내장은 어떻게 했나요? 전복회에 내장이 안 나오면 앙꼬 없는 찐빵이지요."

아저씨는 술과 안주 얘기로 넘어가자 갑자기 입술에 열기를 띤다. 따끈한 술을 한 입 물고 반지르르 빛나는 검푸른 색깔의 전복 내장을 먹으면서,

"3S 또는 4S라고도 할 수 있지요. 세상 남자들은 출세놀이, 전쟁놀이, 질투놀이에 몸을 돌보지 않고 열중합니다. 이것을 3S라고 하는 거예요."*

"아하. 그런데 어째서 그런 것에 놀이라는 말을 붙인 거죠? 그냥 출세, 전쟁, 질투라고 안 하고."

"어차피 모든 것이 그럴듯한 '놀이' 아닌가요? 출세가 재밌는 놀이가 아니라 단지 그냥 출세일 뿐이라면 왜 저렇게 눈을 벌겋게 치켜뜨고 난리를 치겠습니까. 즉 남자에게 출세란 단순한 경쟁이 아니라 인생의 무료함을 달래는 놀이라는 거지요."

"그럴지도 모르겠네요. 그럼 전쟁도 놀이인가요?"

"전쟁은 남자의 놀이 중에서도 정점에 있다고 할 수 있습니다. 저로 말하자면 남자 사회에 정나미가 떨어진 사람이에요. 틈만 나면 서로 쏴 죽이고 싶어 하는 사회, 전 싫어요. 그런데 전 세계 군인들의 면상을 봐 봐요. 모두 천하를 얻었다는 얼굴을 하고 대량 살인에 도취해 있잖아요. 전쟁이 단지 사람 죽이는 일일 뿐이라면

---

* 일본어로 출세는 '슛세', 전쟁은 '센소', 질투는 '싯토'라고 발음한다. 세 단어 모두 첫 글자가 알파벳 'S'로 표기된다.

그런 얼굴이 나오지 않지요. 그런 얼굴이 나오는 것은 전쟁이 그 냥 전쟁인 게 아니라 재밌는 놀이이기 때문입니다. 이런 걸 전쟁 놀이라 안 하고 뭐라 하겠습니까."

"질투도 남자의 놀이인가요?"

"그럼요. 남자는 질투하는 걸 삶의 보람으로 알고 살아요. 동료의 승진에 질투하고, 남의 아이가 뛰어난 데 질투하고, 남이 먼저 집을 지은 데 질투하고, 회사끼리 질투, 국가끼리 질투, 이게 남자 삶의 보람이지요."

"3S는 알겠는데 4S란 건 뭐지요?"

"어, 이제까지 열거한 남자의 특성을 봤으면 알 만하지 않나요? 나머지 하나는 섹스."

"그것도 '놀이'예요?"

"남자가 그런 걸 할 때 진심으로 하겠어요? 진심인 것은 단지 여자 쪽입니다."

○

여자의
세 가지 즐거움

오랜만에 곱게 늙은 중년 노처녀 연맹이 집에 모여서 술을 마셨다.

최근에 그녀들이 분노하는 건 이런 것들이다.

"요즘 청소년들의 비행이 너무 심하지 않아? 신문 펼치면 매일같이 학교나 거리에서 못된 짓을 했다는 얘기야."

"부모가 된다는 건 참 힘들어."

"그런데 여성잡지 같은 걸 봐. 부모가 되는 기쁨만 선전하잖아."

"맞아. 아이를 가진 건 축복이에요, 하는 노골적인 아가 예찬이 많지."

"부모의 연령을 더 끌어올려서, 열대여섯 살에서 스물두세 살 정도의 자녀를 둔 부모를 대상으로 한 여성잡지를 만들면 어떨까?"

"자기 자식이 마약 중독이나 원조 교제에 빠지고 폭주족이나 조직폭력배가 됐을 때도 그 부모가 그래도 아이 가지길 잘했어요, 할까?"

"그 악명 높은 마약형제 가족 말이야, 만약 그 형제의 부모가 그래도 역시 아이를 가지길 잘했다고 술회한다면, 그건 진실한, 피를 토하는 절규라고 인정할 수 있을 거야. 만약 정말 그런 부모가 있다면 난 그 앞에서 숙연하게 옷깃을 여밀 거야."

"맞아. 그런데 세 살이나 네 살, 기껏해야 초등학생 정도밖에 안 된 아이를 가진 부모가 아이 가진 행복을 운운한다는 것은, 청소년들의 비행이 극에 달한 오늘날 도대체가 설득력이 없어."

"아이를 가진 행복을 주장하려면, 자기 아이가 중고등학생 시절을 보내고 난 다음에나 하라고."

하며 제각기 한마디씩 한다.

나로 말하자면, 마약형제의 부모를 동정하는 쪽이다. 어느 평론가가 "가정의 자유방임이 나빴다"고 잘난 체하며 논평했지만, 그렇게 쉽게 말할 수 있는 문제일까. 방임을 하든 엄격하게 키우든 아이는 나빠질 때는 나빠지는 법이다. 그것을 놓고 부모를 탓할 수는 없다. 그 부모들 안됐다.

"자, 술자리에서 남의 자식들 가지고 이러쿵저러쿵할 거 없어요. 술자리에서는 세상 돌아가는 일은 잊는 겁니다. 나이깨나 먹은 여러분들께서 촌스러운 얘기 할 거 없어요."

가모카 아저씨한테서 나무람을 들었다.

"그보다 요전번에는 남자의 3S, 세 가지 놀이를 고찰했으니까 이번에는 여자의 세 가지 놀이를 들어 봅시다."

"여자의 세 가지 놀이, 그딴 거 없어요. 여자는 ○○놀이 같은 거 안 해."

하고 한 곱게 늙은 중년 여자가 말했고, 나는

"여자들은 ○○놀이 하면서 놀기보다 즐거움을 발견하는 쪽이지 않을까요."

하고 말했다.

"그래, 여자의 세 가지 즐거움."

"그 세 가지 즐거움이 뭐지?"

일대 소란이다.

"옛날에는 입는 즐거움이라든가 결혼의 즐거움 같은 게 있었지만, 지금은 그런 건 즐거움 축에 넣어 주지 않지요."

"그래. 그건 괜히 남 앞에서 하는 이야기일 뿐이야. 난 세 가지 즐거움을 말하라면, 먼저 성실한 남자를 꾀어 내 것으로 만든다, 타락시킨다, 알맹이를 다 빼먹고 쭉정이만 남긴다, 라고 말하고 싶은데."

"촌스런 남자, 꽁생원, 벽창호, 일편단심주의, 겁쟁이, 고지식한 사람, 도덕가, 융통성 없는 돌대가리, 이런 상대를 함락시켜서 미치게 하는 건 정말 재미있지."

"촌스런 쪽이 좋다고?"

가모카 아저씨가 뜻밖이라는 듯 말한다.

"나 같은 세련된, 이해가 빠른 사람은 안 됩니까?"

"안 돼, 안 돼!"

"매력 무!"

아저씨는 사방에서 호된 말을 듣는다.

"아저씨는 너무 많이 알잖아요. 지나치게 많이 아는 남자는 제외."

"아저씨처럼 뻔뻔하고 뭐든 아는 체하고 얼굴이 두껍고 여자를 여자로도 생각 않는 사람은 꾀어 봤자 전혀 스릴 없어. 도리어 이쪽이 먹이가 되지."

"그렇지 않은데……. 그럼 여자의 두 번째 즐거움은 뭔가요?"

"역시 총각 딱지 수집일까요."

하고 말한 사람은 가장 나이가 젊은 스물대여섯 살, 아직은 우리 대열에 끼워 줄 수 없는 한창 꽃필 무렵의 여자다. 그녀는 천진스레

"앞뒤 분간 못하는 남자를 꾀어 동정을 뺏는 게 아닐까요."

"저런, 쯧쯧! 어떻게 젊은 여자가 그런 소릴 입에 담아요? 요즘 아가씨들은 다들 이렇게 질이 낮은 거야? 창피한 줄 아세요!"

아저씨는 불같이 화를 낸다.

그러나 곱게 나이 먹은 노처녀들은 전혀 기죽지 않고

"그러네, 촌스런 남자 골리기 다음은 총각 딱지 수집! 좋아! 세 번째 즐거움은 뭐라고 생각해?"

"일도이비一盜二婢*라고들 말하던데……."

"잠깐, 그건 남자 쪽에서 하는 말 아닌가요?"

"여자라고 못할 게 뭐예요. 친구 남자 후리기?"

"남의 물건을 슬쩍하는 건 스릴 있지."

"그럼 이비二婢는…… 이건 여자의 경우로 말하자면……."

"채소 가게 배달원 오빠라든가……."

"세탁소 아저씨……."

"오사카랑 고베 사이에 나다생협이라고 있잖아. 거기 생협 오빠 같은 경우도……."

"이즈모 메밀국수집 배달원 오빠……."

"나니와 초밥집 오빠라든가……."

"삼첩三妾, 사처四妻라고들 하니까 나머진 학창 시절 보이프렌드

* 남자의 첫 번째 즐거움은 남의 아내를 훔치는 것이고, 두 번째 즐거움은 아내의 눈을 피해 하녀를 안는 것이라는 뜻.

쪽으로 알아봐야겠네.”

"적당히들 하세요!"

아저씨는 화를 냈다.

"아아, 세상 여자 문제에 대해서 왈가왈부하는 남자는 이런 말 괄량이가 하는 말을 들어 보고 나서 발언했으면 좋겠어요.”

○

도토리 키 재기

"여보세요. ○○방송국인데요, 오 사다하루 선수의 팔백 번째 홈런은 언제쯤 나올까요?" 하고 도쿄에서 전화가 왔다.

난 야구 같은 거 모르는데.

"저, 야구 몰라요" 했더니 "네?" 하고 말문이 막힌 모양. 전화를 걸어 온 사람은 야구를 모르는 인간이 이 세상에 존재한다니, 하고 마치 공룡이라도 만난 것처럼 놀라는 것이었다.

"그럼 오 선수도 모르시나요?"

"텔레비전 광고에서 봤는데요."

상대방은 또다시 충격을 받았는지 잠시 침묵. 그러다가 조금 정신을 차린 듯 묻는다.

"홈런, 홈런이 뭔지는 아시죠?"

생각해 보니 그것도 자신 없다.

언젠가 텔레비전 중계방송을 봤는데 공이 관중석으로 날아들자 아나운서의 목소리가 바뀌고, 관중은 모두 자리에서 일어나고, 화면에는 홈런이라고 나왔다.

그걸 가지고 홈런이라고 하는 걸까.

"공이 관중석으로 날아가는 걸 말하는 거죠?"

라고 했더니 상대방은 잠시 철학적 명상에 잠긴 듯 말이 없다가

"네, 그럼 홈런 팔백 개라는 것에 대해서는 뭔가 감상이 없으신지요?"

"글쎄요. 그게 엄청나게 특별한 건가요? 어려운 거예요?"

나는 열심히 물었지만 상대방은 이제 더 이상 말하기가 겁나는 모양이다.

"됐습니다. 실례 많았습니다."

하고 전화를 끊었다.

가모카 아저씨 왈,

"오늘날 야구 몰라, 마작 몰라, 경마 안 해, 하는 인간은 인간이 아닙니다."

하지만 세상은 의외로 균형이 잡혀 있다.

나는 요전번에 어느 곳에 강연을 하러 갔다가 입구에서 옛 친구

와 딱 마주쳤다. 여학교 시절 친구니까 실로 삼십이삼 년 만에 만난 것이었다. 나는 그녀가 옛 친분으로 와 준 줄 알고 기뻐했으나, 알고 보니 단지 여성단체 회원이라는 이유로 출석했을 뿐 강연자 이름도 몰랐다고 했다.

"네가 얘기하는 건 줄은 몰랐어……. 도대체 뭐야? 무슨 물건 파는데?"

그녀는 내가 밀폐 용기나 신식 가스라이터, 아니면 기저귀 커버를 팔러 온 거라고 생각한 모양이었다. 그녀의 얼굴에는 놀림이나 멸시는커녕 나에 대한 호의가 가득했다. 뭐든 내가 선전하고 팔면 한통속이 되어 맨 먼저 사 주겠다는 뜻이 확실하게 전달돼 왔고, 나는 그런 호의에 어떻게 응답해야 좋을지 몰라 쩔쩔맸다.

"나, 소설을 써……."

그러고는 우물우물.

"어머, 그래? 몰랐어. 난 그쪽으로는 약하거든."

하고 그녀는 아하하 웃었는데, 이것이 바로 균형이라는 것이다. 어느 세계에서는 무척 유명하다 해도 어차피 우물 안 개구리. 밖에 나가면 아무도 그런 사실을 모를 수 있다.

그 친구는 야구에 대해서라면 아주 잘 알지도 모른다.

(하기는 야구와 소설의 세계는 그 속에 있는 인구의 자릿수가 다르다. 소설 좋아하는 사람보다 야구 좋아하는 사람이 훨씬 많다. 게다가 소설광은

없어도 야구광은 있다.)

나의 이모는 벌써 반세기나 샌프란시스코 교외의 작은 동네에 살고 있는데, 노령인데도 일본어 학교의 교장을 맡고 있으며 이따금 일본에서 손님도 찾아온다고 한다. 어느 고명한 여류 평론가를 맞이한 이모는 얘기하던 중 나름대로 자랑 좀 하려고 "저의 조카 중에 소설을 쓰는 다나베 세이코란 아이가 있는데요⋯⋯"라고 했다고 한다. 평론가는 고개를 갸우뚱하고 "그런 성함을 들은 적이 있는 것도 같네요⋯⋯"라고 했다고. 이모는 상대방의 그런 반응을 보고 '세이코가 안됐다. 본인은 득의양양인데 실은 이름이 별로 알려지지 않은 작가인 모양이구나' 생각했을 것이다.

뭔가를 놓고 대단한 일인 양 펄펄 뛰어 봤자 다른 세계에서 바라보면 컵 속의 폭풍우, 도토리 키 재기일 뿐이다. 요즘 폭력단 패싸움이 뉴스가 되고 있는데, 그 친구들 역시 뭘 바스락거리고 있나 싶다. 자기들이 무슨 대단한 전쟁이나 하고 있는 것처럼 생각하겠지만 실은 아이들의 전쟁놀이와 진배없다. 다만 진짜 권총과 칼로 싸우기 때문에 끝이 안 좋을 뿐이다.

전에 고베에 살았을 때 근처 절에서 폭력단의 장례식 행사가 종종 있었다. '사제솔弟 일동'이라는 화환이 끝없이 이어지고 검은 옷의 오빠들이 분주히 드나들었는데, 그때 대형 외제차가 입구에 도착하고 잔챙이 일동이 "옙" 하고 엎드려 절하는 가운데로 검은 옷, 검은 안경의 거물이 유유히 차에서 내리는 광경을 몇 번이나 봤다.

"그건 남자가 아주 좋아하는 놀이인데요. 계급지위권력놀이라고. 다른 세계에서는 그걸 컵 속의 폭풍우라고 할지 몰라도 정말 폼 나는 놀이지요."

"폼은 뭔 폼. 폭력단 패싸움에 시민들이 다치기라도 하면 어쩌려고요. 아저씨, 그런 거에 대해서는 좀 비판적인 태도를 가져야 하는 거 아닌가요?"

"재미있구나 하는 것이 시민의 비판 아닐까요. 남자라면 모두 폭력단 야마구치파 보스 다오카가 저격당한 사건 같은 걸 보면서 신나할 거예요. 청팀 이겨라, 백팀 이겨라. 으쌰으쌰!"

아저씨까지 이러니, 정말 남자란.

○

종이연극

요즘은 앙케트가 자주 오는데 그 어느 것이든 쉽게 대답할 수 있는 게 없다. "취미는 무엇입니까?"라든가 "기모노를 좋아하나요?"라면 대답하기 쉽지만, 예를 들어 "연호年號 폐지에 찬성합니까?"라면 좀 생각을 해야 한다.

사실 연호는 성가시다. 연호 아래에 다시 서기 연도를 넣어야 하므로 이중의 수고다.*

나는 쇼와昭和 몇 년이 천구백 몇 년에 해당하는지(그 반대도 역시) 늘 잘 모르겠다. 25년을 더하거나 빼거나 해야 하는데, 그게 다

* 입헌군주국인 일본은 천황이 누구냐에 따라 서력(西曆)과 함께 여전히 연호를 사용하고 있다.

이 쇼大正나 메이지明治까지 내려가면 정말 어렵다.

그러나 연호를 완전히 폐지하면 왠지 너무 매끄러워져서 기억의 실마리마저 사라질 것 같은 쓸쓸한 기분도 든다. 그러니 둘 다 좋다고 할 수밖에.

앙케트 용지에 '어느 쪽이라도 좋다'든가 '바빠서 그런 걸 생각할 상황이 아니다' 등의 난도 만들어야 하지 않을까.

그러고 보니 요전번에는 '사채 지옥을 없애려면 어떻게 하면 좋은가'라는 질문도 있었다. 이것도 항간의 여러 식자들께서 좋은 이야기를 해 주고 계시니 새삼스레 내가 끼어들어 뭐라고 할 건 없다. 다만 속으로 이런 생각은 한다. 생각 없이 돈을 빌렸다가 사채의 늪에 빠져 허덕이는 사람은 어렸을 때 종이연극을 안 봐서 그런 거라고.

옛날 내가 어린아이였을 때(1930년대)는 텔레비전이 없었다. 매일 거리마다 정해 놓고 길모퉁이로 찾아오는 종이연극이 최대의 오락이었다. 부모님이 '킨더북'이나 고단샤의 그림책, '소학교 1학년' 등을 사 주긴 했지만, 그리고 때때로 해럴드 로이드나 채플린, 타잔 시리즈, 에노켄*, 롯파**, 엔타쓰·아차코***의 영화나 만담도 보

* 일본 배우이자 가수, 코미디언인 에노모토 겐이치를 말한다. '일본의 희극왕'이라 불리며 1930년대에 활약했다.
** 에노켄과 더불어 1930년대 일본의 대표적 코미디언 후루카와 롯파를 말한다.
*** 일본의 만담가이자 코미디언 콤비 요코야마 엔타쓰와 하나비시 아차코를 말한다.

여 줬지만, 그래도 동네 귀퉁이에서 종이연극 아저씨가 쉰 목소리로 연기해 준 것만큼 재미있는 건 없었다. 사람의 육성과 이야기 그림은 찰떡궁합이다.

1전짜리 끈적끈적한 엿을 사서 앞쪽으로 바싹 다가간다. 아저씨는 엿을 사지 않고 공짜로 보는 아이들을 쫓아내기도 했다.

뒤쪽에는 대개 아기를 등에 업은 소녀들이 서 있었는데, 어쨌든 아기를 업고 있으니 어린이는 아니라고 하여 그냥 보게 놔두었다.

종이연극에는 '황금 박쥐'나 '빨간 망토'도 나왔지만 정말 자주 나온 건 악질 '사채업자'였다. 주인공 소년 소녀는 사채업자의 횡포로 인해 부자 도련님 아가씨에서 보통의 꼬마로 몰락해 간다. 그것은 집이 몰락했기 때문이며 집이 몰락한 것은 '사채업자'로부터 돈을 빌렸기 때문이다.

그런 사연을 보면서 어린 마음에 돈을 빌리는 게 얼마나 무서운지 마음속 깊이 새겼다. 또한 '도장'의 무서움도 배웠다.

종이연극에서는 도장을 찍은 것만으로 가난해졌다. 그 부근의 인과관계는 잘 모르겠지만 어쨌든 '도장'이라는 것은 대단한 힘을 가지고 있나 보다 생각했다. 나는 엿을 핥으면서 우리 집 도장은 잘 있을까 쓸데없는 걱정을 하곤 했다.

'사채업자'는 참으로 악랄한 사람이었고 그에 걸맞게 독살스럽고 얄미운 얼굴로 그려졌다. 가족이 다 같이 즐겁게, 단란하게 살고 있는 집에 흙 묻은 신발을 신은 채 들어와서 "이 집은 저당 잡힌 거니 내놔라. 지금 당장 나가라" 하고 고함친다. 그 덕에 일고여덟 살 때부터 '저당 잡힌다'는 말도 익혔다.

"아버지가 사람이 좋은 탓에 빚보증을 서서⋯⋯" 하고 눈물 흘리며 어머니가 말한다. 즉, '보증인'으로 도장을 찍는 것이 얼마나 무서운 일인지도 아이는 어느덧 마음에 새긴다.

지금 생각해 보면 종이연극 덕분에 나는 사회 공부를 했다. 자기 방어 본능이 꽤나 강한 아이여서 그랬는지 '사채업자'와 가까워지는 것을 경계해야 한다는 생각이 머릿속에 철저하게 박혔다.

우리 집은 장사를 하는 집이기는 했지만, 사진관이라는 좀 색다른 장사를 했던 만큼 아버지는 반쯤 예술가 기질이 있었다. 어머니는 시골 촌장의 딸로 부족함 없이 자랐기 때문에 역시 돈에 대해서는 잘 몰랐다. 그러니 나는 금전 감각을 오로지 종이연극으로 키웠다고 할 수 있다. 종이연극 속에서 부잣집 도련님 아가씨가 몰락하면, 지금까지 꾸벅꾸벅 머리를 숙였던 어른들이 갑자기 무서운 얼굴을 하고 박해했다. 그것을 어린 마음에 사무치게 안타까워했다.

"지금 당장 어른들에게 그런 생각을 주입하기에는 이미 늦었으니까 종이연극을 부활시켜 아이들에게 보여 줘야 하지 않을까요. 사채업자가 얼마나 무서운 존재인지 종이연극 아저씨가 호통치며 말하면 정말 무서웠거든요."

하고 나는 가모카 아저씨에게 말했다.

"그 종이연극은 돈 얘기만 했었나요? 성교육 같은 건 해 주지 않았나요?"

하고 아저씨는 묻는다.

"아이들 대상이니까 그건 없었던 것 같아요……. 그쪽 분야는 《킹》이나 《고단샤 구락부》 같은 잡지에 실린 대중소설이 해 줬지요."

나는 소학교 저학년 때부터 숙부나 점원들이 구독하는 그런 잡지를 읽었다. 거기 실린 시대소설에는 돈을 받고 딸을 파는 얘기가 자주 나왔다. 어째서 팔려 가는 것은 항상 딸이고 아들이 팔려가는 얘기는 없지, 하고 이상하게 생각했었다. 가모카 아저씨가 말하길,

"종이연극이나 소설에 '그것만큼은 안 돼요' 하고 여자가 남자에게 애원하는 구절도 자주 나왔잖습니까. 그게 어린 마음에 이상했어요. 도대체 '그것만큼'이란 어느 만큼일까. 그리고 그 그것이란 건 또 뭘까 하고 궁금해서 죽겠더라고요. 덕분에 그쪽 공부를 좀 많이 했습니다."

아저씨와 나, 종이연극은 필요하다고 서로 인정했다.

○

운명의
장난

어느 의사와 정분난 어느 여의사가 폭력단을 사주하여 그 의사의
부인을 다치게 한 사건이 있었다. 일의 진상은 어차피 신과 당사
자밖에 모르기 때문에 그걸 놓고 뭐라 단정해 말할 수 없다.

그러나 내가 가장 의아하게 생각한 것은 이 여의사는 결혼했고
남편과의 사이에 아이도 있었다는 사실이다. 그런데 그 남편은 해
외에서 근무하고 있었던 모양이다. 따로 살았다는 얘기다.

부인을 홀로 둔 게 나쁘다고도 할 수 있을 것이다. 애정이 없어
서라면 모르겠지만, 그게 아니라 일이 너무 바쁘다는 이유로 남편
이든 아내든 상대를 홀로 내버려 두는 인간들은 상대가 무슨 일을
하든 불평하면 안 된다.

"아하. 그러면 오세이 상은 남편이 바람피워도 불평 못할 입장이네요. 언제 봐도 마감에 쫓겨서 남편을 홀로 내버려 두던데요."

하고 가모카 아저씨는 느물거리지만, 그럴 일 없습니다. 나는 짝꿍을 잘 돌본다고요.(나의 그런 마음을 상대가 잘 몰라 줄 수는 있다.)

미국의 우주 비행사들은 의외로 이혼을 많이 한다. 훈련 때문에 오랜 기간 집을 비우는 일이 많기 때문인 모양이다. 물론 여자가 바빠서 남자가 불만인 경우도 있을 것이다. 남편이든 아내든 상대가 일에 너무 몰두해서 가정을 돌보지 않는다면 결혼 생활에 회의가 들 것이다.

일본의 남성은 종종 일에 매여서 아내를 방치한다. 그에 대해 아내가 조금이라도 불평하면 "남자가 일하느라 분주한 것은 오히려 다행이야" 하고 오히려 큰소리를 친다. 하지만 그렇게 말한 남자가 출장을 가서는 뭘 하는지 누가 알겠는가.

어쨌든 나는 여자이긴 하지만, 아내가 있는데도 따로 애인을 두고 있는 남자의 심리를 왠지 모르게 알 것 같은 기분이다. 가모카 아저씨는 "아니 뭐, 남자도 이 나이가 되면 그런 힘든 일은 잘 안해요" 하고 바짝 졸아서 말꼬리를 내리지만.

예를 들어 나에게 A씨, B씨라는 사이좋은 친구가 있다고 하자.

"그 A, B씨는 남자예요, 여자예요?"

아저씨가 묻는다.

"어머, 이럴 땐 그런 건 묻는 게 아니에요. 남성이든 여성이든 상관없어요. 여하튼 이 둘 A씨와 B씨는 사이가 나빠요. 하지만 나와는 둘 다 사이가 좋거든요."

"흐음, 그래요."

"나는 A씨의 장점과 B씨의 장점을 잘 알기 때문에 양쪽 다 좋아해요. 하지만 나와 A씨가 사이좋게 지내면 B씨는 삐쳐요. 그리고 나와 B씨가 친하게 지내면 이번엔 A씨가 샘을 내요."

"하아."

"그래서 둘을 같은 자리에서 볼 수는 없어요. 하지만 나는 A씨도 만나고 싶고 B씨도 만나고 싶어요. 물론 A씨와 더 오랫동안 알고 지내기도 했고 한결같이 사이가 좋아요. B씨는 외로운 듯 멀리서 보고 있는 식이죠. 난 속으로 B씨가 가엾어 죽겠어요."

"거참, 그건 마치 A씨를 본처, B씨를 애인으로 삼은 남자의 입장과 닮았군요."

아저씨는 고갤 끄덕이고는 내가 이야기에 열중하니까 홀로 술을 따라 마신다.

오늘 밤 반찬은 고로*를 넣고 끓인 교토식 오뎅이다.

"A씨는 나를 만나면 B씨 흉을 봐요. 나는 맞장구치면서도 속으

---

* 고래 껍질을 가열 처리하여 지방분을 제거하고 건조시킨 식품.

로는 B씨가 안됐어요. 그래서 홍보는 말을 들으면 들을수록 B씨를 더 생각하게 돼요. 그러다가 B씨랑 수다를 떨거나 한잔할 수 있는 기회가 와요. 그러면 B씨랑 있는 것도 즐겁다는 걸 알게 되죠. 그런데 그때 B씨가 살살 A씨를 홍보기 시작하는 거예요. 그렇게 되면 이거 참 기쁘기 그지없던 술자리가 가시방석이 되는 거예요. 전 남 홍보는 소리가 싫어요."

"으흠. 알 것 같습니다."

아저씨는 술잔을 들고 생각에 잠긴다.

"나는 B씨를 좋아하기는 하지만 A씨를 홍볼 때는 B씨가 싫다기보다 안타까워요. 그건 나도 A씨의 결점을 알고 있기 때문에. 하지만 내가 그 사실을 안다는 것과 그것을 남의 입으로 듣는 것은 별개예요."

"동의합니다."

"그럴 경우엔 A씨가 왠지 가여운 피해자로 보여서 마음을 쓰게 돼요. 그런데 다시 A씨와 만나고 있으면, 역시 B씨는 지금쯤 뭘 하고 있을까 궁금해져요. 오래 안 만나면 보고 싶어지고요. 그런데 마침 그럴 때 A씨가 긴 여행을 가서 멀리 떨어져 있게 돼요. 그러면 이때다 하고 B씨한테 전화해서 만나자 하고 싶은 거예요."

"이러다가 눈치 빠른 아내한테 들키지는 않을까 순간 겁이 나기는 하지만 역시 숨겨 둔 애인을 만나고 싶다……."

아저씨는 자기 이야기인 양 끼어들어 대화에 몰두한다.

"꼭 뭐 본처가 싫은 건 아닙니다. 본처와 헤어질 생각은 결코 없지만 그것과 애인이 좋은 것은 별개예요. 어째서 이 이치를 여자들은 모를까. 본처를 패키지 해외여행 보내고 그동안 애인을 부르자는 남자의 엉큼한 속셈. 하지만 만약 본처가 이 사실을 알게 되면 분명 불같이 화를 내며 미쳐 날뛸 것이다. 무섭다. 하지만 애인과 만나고 싶은 마음은 누를 길 없다. 어느 쪽이든 한쪽만으로 만족할 수는 없다. 운명의 장난으로 본처와 애인이 서로 증오하는 사이가 되면, 그때는 원망하려면 신을 원망하라고 말하고 싶다. 다만 내가 선택해야 할 때 어느 쪽인가 하면, 나중에 좋아진 쪽이 더 좋아……."

아저씨는 내 얘기를 빼앗아서 어느새 A씨와 B씨를 본처와 애인으로 바꿔 놓았다.

○

불쌍한
여류 작가

일본에서 남녀 차별이 없는 직업은 글 쓰는 일이라고 노사카 아키유키野坂昭如* 선생님은 말씀하시지만, 아니 단지 차별이 없는 정도가 아니라 오히려 여류 작가 우위 직업이라고 말씀하시지만, 실질적으로는 그렇지도 않습니다.

남성 비평가도 그렇고 남성 작가도 그렇고, '여자가 하는' 일은 늘 몇 퍼센트쯤 빼기를 하고 보는 경향이 있거든요.

'그래 봤자 여자가……'라는 열렬한 기개가 남성 문인들 마음속에 불타고 있으므로, 여류 작가가 대등하게 평가받으려면 남류 작

---

* 일본의 소설가. 방송작가, 상송 가수, 작사가, 탤런트, 정치가로도 활동했다.

가보다 몇 퍼센트쯤은 더 훌륭하게 써야 한다.

이 관계는 도쿄 문인과 오사카 문인 사이의 관계와도 닮았다.

언젠가 구로이와 주고黑岩重吾* 씨는 "오사카의 작가는 도쿄의 작가보다 45퍼센트는 더 좋은 것을 쓰지 않으면 편집자가 몸소 오사카까지 와 주지 않는다"고 했다. 45퍼센트라는 숫자가 어떤 근거에서 산출된 건지 모르겠지만, 정말이지 여류 작가도 그와 같다. 단지 여류이기 때문에 점수를 따는 일 따위는 없다.

나는 시마오 미호島尾ミホ** 씨와 다케다 유리코武田百合子*** 씨의 작품을 몹시 좋아하는데, 그들의 문장은 부드럽고 나긋나긋하면서도 어딘가 사람을 오싹하게 하는 무서운 맛이 있기 때문이다. 그런데 어느 비평가(남성)의 말을 들어 보면, 다케다 씨의 작품은 '뛰어난 문학자인 남편 다케다 다이준 씨로부터 영향을 받은 것이리라'가 된다. 그러나 그것은 천박한 의견일 뿐, 다케다 씨든 시마오 씨든 그들의 문장이나 감성은 남편의 영향이 아니라 타고난 재능에 바탕을 둔 것이다. 하지만 남성은 그런 사실을 인정하고 싶어 하지 않는다.

---

* 일본의 소설가로 오사카 출신이다. 대표작으로《배덕의 메스》《하늘의 강의 태양》등이 있다.
** 일본의 소설가로 고향을 배경으로 한 작품을 많이 남겼다. 대표작으로《해변의 생과 사》가 있다.
*** 일본의 수필가로 소설가 다케다 다이준의 아내이기도 하다. 남편이 죽고 난 후 그와 함께 후지 산장에서 보냈던 시간을 기록한《후지 일기》를 발표하여 호평받았다.

하긴 수많은 문학상 수상자 중에 여성이 많은 것을 두고 여류 우위라고 말하고 싶을 수는 있을 것이다. 사실 요즘 문학상 시상 기준은 '진지한 순문학'이고, 그쪽으로 표적을 좁히다 보면 여류 작가의 작품이 많이 떠오를 수밖에 없다. 여성은 대부분 진지하니까.

쓰쓰이 야스타카가 쓴 《위대한 도움닫기大いなる助走》* 같은 작품을 쓰는 여류 작가는 거의 없다고 할 수 있다. 그만큼 여류 작가 사이에서는 순문학을 선호하는 수가 압도적으로 많고, 그래서 한 자 한 구마다 정성을 기울여 구도하는 마음으로 목숨 바쳐 쓰는 작가도 여류 중에 더 많을 것이다. 문학상은 그러한 작품을 애호하므로 여류 수상자가 많아지는 것은 이상할 것도 없다.

하지만 여류 수상자가 많다고 해 봤자 같은 사람이 여러 번 수상하는 일이 많으니까 그 점은 차치하고 봐야 한다. 여류 작가라고 누구나 쉽게 골고루 상을 받는 게 아니라는 이야기다. 이것은 쓰쓰이 씨가 언제까지나 상을 못 받는 것과 같은 이치다.(쓰쓰이 씨 미안.)

게다가 여류 작가만큼 살기 힘든 사람이 있을까. 추녀라면 추녀라서 "남자가 상대해 주지 않기 때문에 분풀이로 소설을 쓴다"는 말을 듣는다. 특히 연애소설이나 베드신을 쓰면 남자에게 인기가 없는 것에 대한 보상 행위일 것이라며 비웃음을 산다. 여류 작가

* 일본 전후 고도 성장기의 문학과 문단의 거대화, 지역화 그리고 부패에 대해 쓴 기념비적인 작품.

가 미인일 경우에는 "저런 미인이 왜 소설을 쓰나" 하고 묘한 탐색을 당한다. 그리고 "아하, 알았다. 큰돈을 벌고 이름을 알려 널리 남자를 낚으려는 게 아닌가" 하고 색정광 취급을 한다. 유부녀 작가의 소설 속에 혼외정사가 나오면 주간지 기자가 와서 "이건 체험하신 이야기입니까?" 하고 묻고, 소녀 작가가 에로틱한 소설을 쓰면 그녀를 바라보는 남자들의 눈빛이 야릇해진다.

정말이지 글 쓰는 일을 업으로 삼은 여자만큼 부자유하고 우울한 박해를 받는 사람은 없습니다.

여류 작가를 불쾌하게 만드는 중요한 소문의 출처라고 할까, 뉴스 소스라는 것은 주로 남성 편집자다. 그를 통하여 어느 여성 작가 성질이 아주 지랄이라는 식의 입 싼 말이 부풀려져서 전달되는 것이다.

남류 작가에게 괴롭힘을 당한 편집자의 이야기도 들어 봐야겠지만, 그건 또 남자들끼리의 이상한 우정 때문인지 밖으로 새어 나오는 일이 별로 없습니다. 하지만 편집자를 울리는 남류 작가도 제법 계시지 않을까요.

아니, 이런 말을 하면 안 되지. 나 자신, 늘 마감일을 못 맞춰서 담당 편집자를 괴롭히는 처지라 잘난 듯이 말할 입장은 아니지만, '여류에게 애를 먹는 이야기'는 왠지 남자들이 무척 즐기는 화제라서 자기들끼리 이야기하는 사이에 우스꽝스러울 정도로 부풀려지는 일이 반드시 있다.

나도 그런 경험이 있다. 삼 년 전 월간지《오모시로한분面白半分》에서 '사토 아이코*와 다나베 세이코'라는 제목의 특집호를 냈다. 이때 어떤 남성 작가가 편집부에 누구 이름을 먼저 쓸 것인지 충분히 목숨 걸고 생각하라고 했다고 한다. 멍청한 편집부가 황망해져서 뒤표지에는 '다나베 세이코와 사토 아이코'라고 하고, 안쪽 표제지에는 그 반대 순서로 해 놓았다. 그래 놓고 "이렇게 고심했으니까 혹여 기분 상하지 마시고 양해해 주세요"라고 조심조심 우리에게 말해 줄 때까지, 나도 사토 씨도 전혀 그런 사실을 알아차리지 못했다.

어느 쪽이 앞에 오든 누가 상관한댔나. 남자들이 어떻게 사실을 날조하는지 보여 주는 한 예이다.

고자질하는 행위도 예상과는 다르게 남자들 사이에서 더 많다. 내가 별다른 생각 없이 소설 속에 "다시마 가게 앞을 지나서"라고 썼더니, "야마사키 도요코山崎豊子 선생이 불쾌해하신다"고 하는 급보가 날아왔다.** 알고 보니 이것도 한 남성(신문기자인지 편집자인

* 현대 일본 문학을 대표하는 중견 작가. 다나베 세이코와 마찬가지로 오사카 출신으로, 마흔이 넘어서 본격적으로 소설 집필을 시작했다. 대표작으로《소크라테스의 아내》《두 명의 여자》《싸움이 끝나고 날이 저물고》등이 있으며, 국내에 소개된 작품으로는《도쿄 가족》이 있다.
** 야마사키 도요코는《하얀 거탑》《불모지대》등을 쓴 오사카 출신의 소설가다. 야마사키 도요코의 집안은 다시마 가게를 했고, 그녀는 이것을 소재로 2대에 걸쳐 건어물을 운영하는 상인을 주인공으로 한 소설《노렌》으로 데뷔했다.

지 모르지만)이 나와 야마사키 도요코 씨 사이에 끼어든 덕에 생긴 사단이었다.

앞에서 언급한 사토 아이코 씨는 할 말은 똑 부러지게 하는 사람이므로 일거수일투족이 과장되어 전해진다. 편집자 앞에서 기침을 하면 '크게 꾸지람을 들었다'가 되고, 중간에 화장실에 가면 '자리를 박차고 나갔다'가 된다. 하품을 해서 눈물이 나오면 '분해서 눈물을 흘렸다'이며, 택시를 불러 달라고 하면 '외제차를 불러 달라고 요구했다'가 된다.

어느 출판사를 둘러보아도 사장이나 편집자, 직원들 모두 남자다. 이런 남성 사회의 남자들이 여자를 깨지기 쉬운 물건처럼 애지중지한다고? 천만의 말씀이다. 나카지마 아즈사中島梓* 씨 더 많이 튀어 주세요. 나카지마 아즈사 씨가 한 50명만 더 나오면 좋을 텐데!

"자, 자, 그렇게 열 받지 마시고, 자"

가모카 아저씨는 나를 어르면서 "노사카 씨가 그런 말을 한 것은 나쁜 뜻으로 한 건 아닐 겁니다. 그치 아키 쨩**?" 하고 허공에 대고 눈을 느리게 깜박인다.

---

* 일본의 소설가, 평론가. 소설 집필과 평론 활동 외에도 작사, 작곡, 피아노 연주, 뮤지컬 각본 집필, 연출 등 문화 다방면에서 활약했다.
** 노사카 아키유키를 가리킨다.

○

술을
따르다

요즘 나는 소주에 따뜻한 물을 타서 마신다.

그렇게 마시면 개운하고 뒤끝이 남지 않아 좋다. 저녁식사 때만 마시는 거니까 식전 술이나 식후 술하고는 또 다르다. 나는 지식이나 생각이 잡다하여 통일성이 없는 사람이라 아직 '이게 아니면 안 돼' 하는 취향은 없다. 그런 취향은 언제까지고 안 생길 것 같다. 위스키, 브랜디, 와인, 청주 제각각 다 고유의 맛이 있고, 또한 그것들 없이 밥과 반찬만 먹어도 맛있다.

나아가 별다른 반찬 없이 장아찌, 된장국만 있어도 맛있다. 왠지 창피하다.

"굶주리며 자란 세대, 한창 전쟁 중일 때 청년 시절을 보낸 탓일까요?"

나는 가모카 아저씨에게 물었다.

"아니면 주체성이 없기 때문일까요?"

사실 나는 단호한 면이 없다. 생각난 김에 말하자면 여자들 중에는 남자가 술을 따르라고 하면 화를 내는 사람이 있지만 나한테는 그런 성깔도 별로 없다.

남자가 술을 따르라고 말할 때, 그가 속이 메슥거릴 만큼 아주 보기 싫은 남자라도 '뭐 어때, 술 한잔 따라 주는 것쯤'이라고 생각하고 따라 준다. 하긴 지금의 나는 싫어하는 남자인데도 어쩔수 없이 술자리를 함께 해야 할 일은 없다. 지금은 싫은 사람은 안봐도 되는 정도의 처지는 되니까.

"결백한 젊은 여자라면 술 따르라는 요구를 싫어하겠지요."

라고 아저씨는 말했다.

"오세이 상 정도로 얼굴에 피부를 천 겹쯤 두껍게 바른 중년 여자들이야 애초에 술 따라 달라는 남자가 없을 거고요."

"무슨 말씀을. 전 젊은 시절 회사 근무도 했고, 사원여행 같은데 가면 술 따르란 말 많이 들었어요. 내가 먼저 나서서 따르진 않았지만 '따라 줘' 하면 따라 줬어요."

"정말 감각이 둔한 사람이었군요. 젊은 여자라면 남자에게 술을 따른다는 것은 정조를 바치는 것만큼이나 중요한 일이라고 생각할 수도 있는 겁니다."

"어머나, 어째서 술 따르는 게 정조 얘기로 이어져요?"

"그게 말이지요, 마음에 들지 않는, 징그러워서 속이 울컥할 것 같은, 역겹고 지저분하며 험상궂기까지 한 남자에게 술을 따르는 것은 제1단계 저항을 포기하는 것과 마찬가지라고 생각하기 때문이지요."

"뭘 그렇게 과장되게."

"그 남자가 말하는 대로 하는 거니까요. 술을 따르라는 말을 듣고 그대로 술을 따르면 다음에는 '노래해라!' 하는 겁니다."

"노래하면 되잖아요. 나 같으면 노래해요. 〈세토의 신부〉든 〈도쿄예요, 어머니〉든 〈스미다 강〉이든 다 할 수 있어요."

"작작 좀 하세요. 일반적인 젊은 여자는 오세이 상같이 후안무치가 아닙니다. 노래하라고 한다고 노래를 해 봐요. 그러면 다음은 '춤춰라!'가 될 게 뻔한데."

"춤추면 되잖아요. 나라면 아와오도리阿波おどり*를 신나게 출 거예요."

"이런, 멍청한 사람 같으니. 어떻게 젊고 청순한 여자가 자존심이 있지 술 따라라, 노래해라, 춤춰라 하는데 그대로 할 수가 있습

* 일본 도쿠시마 지역에서 기원한 민속춤. '아와'는 도쿠시마의 옛 지명이고, '오도리'는 춤이란 뜻이다.

113

니까. 당연히 반발해야지. 하라는 대로 노래하고 춤추고 하는 건 기생입니다. '춤춰라!'의 다음은 '벗어라!'라고요."

"그렇게 되나요?"

"그럴 거라고 젊은 여자는 상상하겠지요."

"하긴 그런 애들은 상상력이 왕성하니까."

"거기까지 다 내다보고 있는 겁니다. 그러니까 남자에게 술 따르는 것에 생리적으로 혐오를 느끼는 거라고요."

하고 아저씨는 의기양양이다.

"즉, 술 따르는 것을 거부하는 것은 남성 사회에서 자신을 지키는 최후의 방파제라 이겁니다. 젊은 여성들은 그 선이 무너지면 남성 문화에 굴복하여 질질 끌려 다니게 될 것 같으니까 어떻게든 버티려 하는 겁니다."

과연 아저씨는 여성 문화 옹호파답다. 그렇게 말해 주며 치켜세웠더니

"하지만 진심을 말하자면 그런 결백하고 순수한 젊은 처자에게 억지로 술을 따르게 해 보고 싶은 게 또한 중년 남성의 꿈이랍니다."

하고 빙긋이 웃으며 마각을 드러낸다.

"'싫어요, 아저씨 같은 사람한테 술을 따르다니 불결해' 하는 여자의 손목을 쥐고 '자, 자, 그러지 말고 한잔만 따라 봐' 하고 억지

로 술을 따르게 하는 거지요. 여자가 '꺄아, 어머, 왜 이러세요' 하는 것을 끌어당겨서."

"왠지 못된 하타모토旗本*랑 마을 처녀의 이야기 같아. 그때 옆방의 후스마襖**가 열리며 사토 아이코 누님이 나타나서 아저씨 장난도 정도껏 하라며 나무라면 어떻게 할 거예요?"

"그러면야 할 수 없이 찌그러져서 혼자 따라 마셔야겠지요."

"웬 자작을? 한쪽에선 내가, 다른 한쪽에선 아이코 누님이 따라 줄 건데."

"아니, 호의는 진정 고맙지만, 남자란 실로 심보가 고약하여 싫다고 하면 억지로 따르게 하고 싶지만, 상대방이 나서서 따라 주겠다고 하면 별로거든요."

"왜 그럴까? 나라면 술도 따르고, 노래도 하고, 춤도 출 거예요. 뭘 하든 그렇게 해서 남자가 기뻐한다면 여자의 자존심 운운하며 뻣뻣하게 굴지 않고 다 할 거예요. 술 따르는 거랑 정조가 무슨 상관이람."

"그거, 그런 식으로 넉살 좋게 구는, 국경선이 없는 여자를 남자들은 별로 좋아하지 않는다니까요. 좋아하지도 않는 스타일의 여

* 에도시대에 쇼군 가에 직속되어 있던 무사로 봉록 1만 석 미만인 자.
** 일본 가옥 안에 나무틀을 짜서 양면에 두꺼운 헝겊이나 맹장지를 바른 문. 습기와 통풍을 조절하며 바람과 추위를 막기도 한다.

자가 아무리 살갑게 대해 준들 좋을 리도 없고요."

아저씨는 서글픈 표정을 하고 반쯤 울 태세다.

○

악역에게
포상을

요사이 신문도 그렇고 텔레비전도 그렇고 좀 지나치게 떠들어 대지 않았나 싶다. 밤낮으로 에가와 얘기*뿐이었으니까.

야구에 관심 없는 사람이 보기에 이건 좀 도가 지나치다. 대학 입시 문제 전문을 신문에 싣는 것도 이상한 일이지만 기껏해야 야구, 기껏해야 선수 한 명의 동향을 놓고 1억 국민이 광분하며 떠들어 대는 것은 글쎄, 세상이 태평해서 그런 것인가.

말은 이렇게 하지만 사실 에가와 뉴스는 재미있었다.

방송국마다 뉴스 캐스터가 얼굴색도 반지르르 의욕에 넘쳐서

* 1978년 드래프트 회의 전날, 프로야구 요미우리 자이언트와 전격 입단 계약을 맺은 투수 에가와 스구루의 거취를 놓고 벌어진 일련의 소동을 말한다.

"잠시 기다려 주십시오. 지금 뉴스가 들어오는 대로 에가와 문제에 대해서 다시 전해 드리겠습니다" 하는 모양을 보면, 남자들은 정말 이런 걸 좋아하는구나 하는 생각이 절로 든다. 오사카 번화가를 오가는 사람들이 카메라 앞에 선다.

"한신에는 에가와 따위 필요 없어."

"괘씸해. 야구를 우습게 보는 거 아니에요?"

"왜 그런 애송이 한 명한테 휘둘려야 하는 거지?"

모두들 에가와 한 명을 집중 공격한다. 그들의 얼굴을 보면 모두 다 한마디하고 났더니 속이 시원하다는 표정이다.

뉴스 캐스터도 에가와에 대해 험담을 할 때는 얼굴이 환해진다. 에가와 문제는 사람들에게 험담의 기쁨을 안겨 주었다.

"아저씨, 정말 다 같이 합심해서 한 인간을 미워한다는 건 참 즐거운 일이네요."

나는 가모카 아저씨에게 말했다.

"맞는 말씀입니다. 에가와야말로 사람들이 딱 기다리고 있던 빛나는 악역입니다. 국민영예상은 에가와 같은 사람에게 줬으면 좋겠어요."

오늘 가모카 아저씨는 기름기 도는, 그리고 알맞게 식초로 숙성시킨 고등어회를 안주로 뜨겁게 덥힌 겐비시剣菱* 술을 마시고 있다.

"국민영예상이란 건 다른 데가 아니라 바로 이럴 때 써야 하지 않겠습니까? 모두 에가와를 향해 괘씸하다, 낯 두껍다, 사람을 우습게 안다고 야단입니다. 에가와를 변호하는 사람은 하나도 없어요. 그 덕에 모든 일본인의 마음이 하나가 되었지요."

"일본 유일의 공통 화제."

"맞아요. 아무리 까칠한 남자라도 '에가와를 어떻게 생각합니까'라고 말을 건네면 얼굴이 풀리면서 씩 웃고 같이 험담에 가담합니다. 에가와는 나쁜 놈, 열 받는 놈 하면서 엘리트건 대중이건 노인이건 젊은이건 모두 하나가 되어 서로 손을 꽉 잡습니다. 에가와가 그런 대단한 일을 한 겁니다. 아아, 정말 훌륭해요."

"2·26 사건**이나 최근에 있었던 닛쇼이와이日商岩井의 시마다 씨 자살 사건***, 미쓰비시 은행 인질 사건****과 같이 인구에 회자된 사건의 경우는 사람에 따라 그에 대한 비판과 지지가 제각각이라

* 일본에서 가장 오래된 주조 회사명.
** 1936년 2월 26일 일본 육군의 황도파 청년 장교들이 1,483명의 병력을 이끌고 일으킨 반란 사건. 구 일본군의 보수적 파벌 중 하나인 황도파의 영향을 받은 일부 청년 장교들(20대의 대위부터 소위가 중심)은 궁내의 원로중신들을 죽이고 천황친정이 실현되면 정재계의 부정부패나 농촌의 곤궁을 해결할 수 있다고 보았다. 2월 27일에 계엄령이 선포되었고, 28일에는 일본 천황에 의한 원대 복귀 명령이 내려졌다. 천황친정을 쿠데타 명분으로 내세웠던 반란군은 천황이 복귀 명령을 내리자 반란의 근거를 잃고 부사관과 병사들을 원대 복귀시키고 일부는 자결하고 일부는 투항하여 사건은 일단락되었다.
*** 1979년 미증권거래위원회가, 미국 항공기 제조회사 더글러스 사가 E-2C 조기 경보기 판매를 위해 닛쇼이와이 상사를 통해 일본 거물 정치인에게 뇌물을 줬다는 사실을 발표하자, 닛쇼이와이 상사의 시마다 미쓰다카 항공기 부문 담당 상무가 회사 건물에서 뛰어내려 자살했다.
**** 1979년 오사카 미쓰비시 은행 기타바타케 지점에 사냥총을 든 남자가 난입하여 손님과 행원 30여 명을 인질로 삼고 대치 중인 경찰 2명, 행원 2명을 사살했다. 범인은 진압 도중 사살됐다.

서 그런 이야기를 화제로 올렸다가는 오히려 싸움이 일어나기 십
상이었습니다. 예를 들어 이발소에서 머리 깎다가 이런 이야기 잘
못 꺼냈다가는 '뭐라고?' '뭐야, 너 좀 나와 봐' 하는 식으로 다툼
이 일어나는 거예요. 그런 것은 사람들의 마음을 묶는 게 아니라
뿔뿔이 흩어 놓기만 할 뿐이지요. 그래서 시마다 씨가 아무리 안
됐더라도, 2·26 사건의 장교가 아무리 참담하더라도 그런 사람에
게는 국민영예상을 줄 수가 없는 겁니다."

라고 아저씨는 말한다.

"세상에는 상식에 어긋나는 짓을 하는 인간은 얼마든지 많습니
다. 그런 사람들 보면 사람들은 목소리 낮추고 서로 눈짓하며 귓
속말로 험담을 하지요. 하지만 그런 것은 음험해서 안 돼요. 즐거
운 부분은 요만큼도 없어요. 하지만 에가와는 어떤가요. 커미셔너
를 비롯한 그 일당의 비상식적인 행태는 보는 사람들을 신나게 만
들어서 이 사람 저 사람 모두 큰소리로 손가락질하며 고함칠 수
있게 하지 않습니까."

아저씨에 의하면 모두 신이 나서 대놓고 미워한다는 것이다. 미
워하는데 밝게 미워한다. 쾌활하게 미워한다. 즐겁게 미워한다. 화
나게 하는데 그것 때문에 오히려 즐겁다. 에가와에 대한 분노가
있어서 모두가 살 재미를 되찾는다. 밥이 맛있어지고 직장 내 인
간관계가 좋아지고 너도나도 한통속이 되기 쉬워진다.

"이런 악역은 세상에 필요한 악역이지요. 에가와 군에게 상을 줍시다."

아저씨는 즐겁게 떠들며 술을 마신다.

○

못된 마음으로
자립한다

요즘《달의 아이月の子》라는 도키자네 신코時実新子* 씨가 편집한
센류川柳** 선집을 재미있게 읽고 있다. 내가 좋아하는 것은 일반적
인 센류를 조금 색다르게 시적으로 변형해 놓은 것들이다.

　시 한 구 읽고는 여러 가지를 상상한다. 점심 먹고 나서 머리가
노곤할 때 읽으면 재미있는 책이다. 나는《야나기다루柳多留》***의
"엉엉 울면서도 더 좋은 유품에 눈독을 들인다" 풍의 센류도 좋아
하지만, 신코 씨가 골라 놓은 센류도 여러 가지 연상을 불러일으

* 일본의 센류 작가, 수필가. 일본 센류계의 일인자로 알려져 있다.
** 에도시대 중기 서민층 사이에서 성행한 풍자와 익살이 특색인 짧은 시. 5 · 7 · 5의 3구(句)
17음으로 되어 있다.
*** 일본 중세시대에 거의 매년 간행됐던 센류 책.

켜서 재미있다.

나는 '오세이 상おせいさん'이 아니라 '오세에 상遅えさん'*으로 불린다. 늘 원고 마감 기한을 못 맞추기 때문에 붙은 별명인데, 실은 이런 책을 읽으며 멍하게 있는 시간이 많기 때문이다. 원고를 기다리는 출판사 편집자에게 미안해하면서도 그렇게 시간을 흘려보내고 만다. 그래서 나는 아이를 키울 엄두가 나지 않는다.

아이는 부모의 등을 보며 자란다고 하는데 나는 게으름만 피우려 들고, 언제나 멍하니 있고, 밤이 오면 쌩쌩해지고(술을 마실 수 있다), 그래서 마감일을 못 지켜 결국 일정을 늦추면 수지맞았다며 또 논다. 이런 내 등을 보고 자란 아이가 착실하게 자랄 리 없다. 세상 사람들이 하는 말이나 쓴 것을 보면 '아이 없는 외로움'이라는 표현을 흔히 접하게 되는데, 나로 말하자면 '아이 없어서 다행'이라는 표현이 더 어울린다고 생각한다.

또 즐겁게 읽고 있다고 말하기에는 좀 무거운 책이긴 하지만 《여자가 직장을 떠나는 날女が職場を去る日》(오키후지 노리코 씨)도 좋다. 일을 계속하고 싶지만 친정아버지의 중병, 아이의 진학, 남편의 전근 등의 이유로 여자는 결국 직장을 떠날 수밖에 없게 된다. 여성이 겪는 그런 고충이 소상하고도 정확하게 쓰여 있다.

* '오세에'는 느리다는 뜻의 오사카 사투리.

현대 일본 여성이 안고 있는 온갖 문제와 고민이 응축되어 있는 책이다. 그래서 나는 경제적으로 자립하여 살기를 열망하는 젊은 여자들에게 먼저 이 책을 읽으라고 권하고 싶다. 자기 일을 찾아 경제적으로 독립한다는 것은 처음엔 방에 새 커튼을 달고 폭신한 침대를 넣는 일처럼 보일지 모르지만, 결국엔 오키후지 씨의 경우처럼 생활의 거친 파도를 뒤집어쓸 미래가 예고되어 있는 일이기도 한 것이다. 그것을 정면 돌파해 내려면 기가 막힌 요행을 만나든가, 아니면 어느 한쪽(직장이냐 가정이냐)을 포기해야 한다.

특히 오키후지 씨가 "지금 여기서 그만두면, 그러니까 여자는 안 돼, 여자에게는 책임 있는 일을 못 맡겨, 하고 주위 사람들이 생각하겠지" 하고 필사적으로 이를 악물고 분투하는 부분을 잘 읽었으면 좋겠다. 오키후지 씨는 자신의 이름, 자신의 명예를 소중히 한다. 여자의 긍지를 중시한다. 뒤따르는 여성 후배를 위해 필사적으로 그 긍지를 사수하려고 한다.

이 책을 읽고 그 기개를 느꼈으면 한다. 오키후지 씨는 제대로 일하지도 않고 노동자의 권리만 내세우는 무능한 여자를 위해 분투노력한 게 아니다.

오늘날 여성의 취업 기회가 전보다 더 확장된 것처럼 보일지 모르지만 그 속에서 여성이 받는 압박은 오히려 더 강해졌다. 그런 경향은 앞으로 더 심해질 거라고 생각한다.

우리가 낸 세금으로 세운 국공립대학을 나온 여자가 막상 취업하고자 하면 어느 회사도 고용하려고 하지 않는다. 이건 일본 사회의 큰 모순 아닌가.

오늘날 일본에는 무수한 오키후지 씨가 젊음과 건강만을 믿고 힘든 싸움을 하고 있다. 일하는 여자들은 크건 작건 고통스러운 싸움을 하고 있는 것이다. 일하는 여자는 남편이 없으면 없어서 고생하고, 있으면 있어서 고생한다. 직장과 가정에서의 고생에 더하여 일본 여자는 전통적으로 마음이 착하기 때문에 남편 안색까지 살펴야 한다. 그 또한 정신적인 피로를 가중시킨다.

"흥. 그럴까요? 우리 아내는 안색 같은 거 살펴 주지 않는데요."

가모카 아저씨가 반문한다.

"그건 아저씨가 둔감하기 때문이에요. 여자는 모두 남자의 안색을 살피면서 일희일비해요."

"그런가요? 믿기지는 않지만 만약 그렇다면 여성해방은 거기서부터 시작해야겠네요. 여자는 먼저 자신부터 혁명해야 합니다. 자기 자신이 변하지 않았는데 완고하고 고루한 남자의 머리빡을 바꿀 수는 없는 일이지요."

아저씨는 자칭 남자 잔 다르크이며 스스로를 여자의 아군이라고 말한다.

"이렇게 하는 겁니다. 우선 여자는 뭘 참거나 견디거나 하면 안 됩니다. 하고 싶은 대로 맘껏 하는 겁니다. 일을 마치고 돌아왔는데 밥이 없으면 남편 엉덩이를 걷어차는 겁니다."

"그러다 이혼당하려고요?"

"그런 남자랑은 헤어지는 게 나아요. 일하느라 힘든 건 남자나 여자나 마찬가지예요. 집에 오자마자 와이셔츠 소매 걷어붙이고 쌀 씻는 남자를 남편으로 삼아야 해요. 안 그런 남자한테는 이혼하자고 하는 겁니다. 그러면 남자가 뭔가 사 와서 기분을 맞춰 줄지도 몰라요. 그럴 때는 주는 거 받고 이혼해 버리는 겁니다."

"하지만 그…… 저, 여자는 마음이 착해서…… 뭔가를 받으면 마음이 약해져서……."

"그럼 안 돼요. 그 순간만 고마워하고 그러고 나서는 입을 싹 씻는 겁니다. 알게 뭐야, 하고 말입니다. 남자의 비위 같은 거 맞추지 말아요. 여자는 좀 더 못돼져야 합니다! 여자의 자립은 거기서부터입니다. 특히 밤에는 남자의 안색 같은 거 살피지 않는 거예요."

"왜죠?"

"자기 본위가 되라는 겁니다."

아저씨는 밤에 딱딱 딱따기를 두드리며 거리를 돌아다니는 것도 좋겠단다.

"오늘 밤은 남자 안색 살피지 말고 여자 하고 싶은 대로…… 불조심!"

○

염병할

"맛있는 술은 한없이 물에 가깝다"고 우메사오 다다오梅棹忠夫* 선생은 말씀하셨는데, 오늘 밤 그런 아마미 소주庵美燒酒**를 마시고 있다.

술 마시면서 남 험담하는 게 자랑할 일은 아니지만, 어쨌든 우리는 요즘 시대의 꼴 보기 싫은 것, 꼴같잖은 것, 즉 오사카 사투리로 말하자면 '염병할' 것들을 열거하며 그걸 안주 삼아 술을 마시고 있다.

오늘은 평소 자주 오는 곱게 늙은 중년 여성이 아니라, 아직 거

* 일본의 문화인류학자. 1960년대에 '정보화 사회'의 도래를 예견한 것으로 유명하다.
** 가고시마 현 아마미 군도에서 만들어지는 술.

기까지 가진 않았지만 왕벚꽃, 산벚꽃, 마을벚꽃 등 꽃이 필 시기
는 이미 지나 봄이 더 깊어 갈 무렵 '농후'한 느낌의 요염하고 진
한 분홍색 겹벚꽃이 피는, 딱 그 시절 나이대의 미인(긴 형용이네
요)들과 한잔하는 중이다.

늘 함께하는 중년 여성들과는 달리 아직은 피부에 윤기가 도는
젊은 세대다. 늘 가는 오코노미야키집의 색종이 위에 쓰여 있는
'사이좋은 것은 아름답구나' 하는 투의 말은 이들과 어울리지 않
는다. 그보다는 '염병할' 같은 것을 논할 때 좌중에 생기가 돈다.

"제일 염병할 것은 젊은 사내애들이야."

하고 겹벚꽃 하나가 말했다.

"전철 탔을 때, 그 뭐지? 다리 쫙 벌리고 두 사람 자리 차지하고
앉는 거 말이야. 정말 꼴불견이야."

"요즘 젊은 애들은 다리가 길어서 더해."

"다리 짧은 녀석도 일부러 끝에 걸터앉아서 다리를 벌려요."

하고 그 겹벚꽃은 목소리에 짜증을 잔뜩 실어 말한다.

"학생이라고 돈도 덜 내고 타는 주제에 정말 패씸해. 그렇게 다
리 벌리고 앉아서 뭘 읽는지 알아?"

"만화겠지."

하는 가모카 아저씨.

"아니, 《육법전서》를 읽고 있는 거예요. 부정 입학으로 말썽이

났던 W대 학생이더라고요."

"아저씨, 남자는 다리 오므리고 얌전하게 앉으면 거기가 아파서 그런 건가요?"

하고 다른 겹벚꽃이 조심조심 물었다.

"거기라니, 어디요?"

"아이, 아저씨도 참. 그러니까 중요한 곳이 당긴다든가 접힌다든가 그런 말 못할 사정이 있냐고요?"

겹벚꽃은 신중하게 말을 고르면서 말한다.

"그런 건 전혀 없어요. 아, 다리를 벌리면 통풍이 좋아져서 시원하기는 하지요."

"그런 녀석한테는 선반의 짐을 내리는 척하면서 일부러 거기를 조준해서 떨어뜨리면 어떨까."

하고 내가 말했다.

"그리고 시치미 떼고 '아, 실례' 하고 가볍게 말하는 거예요. 되도록 무거워 보이는 것을 잘 골라서 빗나가지 않게 털썩 하고 떨어뜨려 명중시키면, 그 뒤로는 질려서 언제나 다리를 오므리고 앉을지도 몰라."

"하지만 다리를 꼬고 앉아 있는 녀석한테는 그 수도 안 통해요. 만원 전철에서 일부러 그러는 녀석도 있어. 주위 어른들은 포기한 얼굴이고."

"고등학생쯤 되는 애들 중에 그런 애들이 많아. 그런데 요즘 고등학생 중에는 깡패 준비생 같은 애들이 많아서 섣불리 한마디 했다가는 유혈 사태가 벌어질까 겁나."

"들고 있는 박쥐우산으로 상대의 정강이를 있는 힘껏 날려 주면 어떨까. 그러고는 맑은 목소리로 '아, 실례'."

"그래, '아, 실례' 운동을 전개하자."

"전철 타는 게 기다려지네."

가모카 아저씨는 미녀들에게 따끈한 물을 탄 소주를 따라 주면서

"젊은 남자애들만 가지고 뭐랄 게 아니에요. 주부, 어머니라는 사람들도 얼마나 밉상인데요. 요전번 전철에 한 아줌마가 유치원 아이를 데리고 올라탔어요. 남자아이는 전철 한가운데서 '앉고 싶어' 하고 울음을 터뜨렸어요. 무슨 말을 해도 '앉고 싶어, 앉을래' 하고 계속 소리 지르는 겁니다."

"아니! 정말 얄미운 꼬마네!"

"거의 공짜로 타는 거나 마찬가지인 녀석이 그렇게 분에 넘치는 소리를 하다니!"

"아저씨, 설마 자리 양보해 주지 않았겠죠?"

미녀들은 붉은 눈꼬리에 힘을 주고 격분한다.

"아무도 안 일어섰어요. 앉아 있는 어른은 모르는 체했고요. 그러자 한 노파가 차마 두고 볼 수 없다는 듯이 일어났어요. 그러자

빈자리에 남자아이만 앉는 게 아니라 젊디젊은 그 엄마까지 뻔뻔하게 같이 앉는 겁니다. 이게 오늘날의 주부상입니다."

'염병할' 하고 대합창.

그러나 나는 오히려 그런 뻔뻔한 여자가 늘어나서 이 나라 정부 및 남자의 인식을 새롭게 해 주는 편이 더 좋을지도 모른다고 생각하기 시작했다.

지금까지 남자와 정부 둘 다 주부들이 가정을 유지하기 위해 세심한 마음으로 노력과 헌신을 다하는 동안 그 위에 책상다리를 하고 걸터앉아 하고 싶은 짓을 맘껏 해 왔다. 남자의 에고이스트적인 횡포나 정부의 무능 정치는 사회의 기반을 이루는 가정이 그나마 제대로 기능했기 때문에 유지될 수 있었다. 하지만 지금부터는 그렇게는 안 된다. 무지무지 뻔뻔한 주부가 왕창 늘어날 테니까. 그래서 한번 왕창 나빠져 봐야 그다음에 다시 좋아질 수도 있을 것이다.

그런데 그보다 나에게 더 '염병할' 것은, 요즘 거리를 걷다 보면 배가 많이 나온 여자와 그 남편으로 보이는 남자가 대부분 손을 잡고 걷는다는 것. 왜 손을 잡고 걷는 거야.

"빤한 걸 가지고."

아저씨가 말한다.

"손 안 잡으면 남자가 도망치기 때문입니다."

○

여자가 끼어들면
흥이 깨진다

존 웨인과 캐서린 헵번이 나오는 영화 〈집행자 루스터〉를 텔레비
전에서 무척 재미있게 봤다. 나는 캐서린 헵번이라는 여배우를 좋
아하는데, 환갑이 넘은 캐서린 헵번과 진갑이 넘어 죽을 나이가
다 된 존 웨인이, 정말이지 여유 있고 실감나는 연기를 보여 줘서
즐거웠다.

  그다음 날도 존 웨인이 나오는 영화를 방영했다. 존 웨인을 비
롯하여 남자들이 나오는 신은 매우 재미있었는데, 그러다가 젊은
여자가 나오니까 곧바로 재미없어졌다. 정말이지 헵번 정도의 관
록, 기량이 아니고서는 여배우가 남배우들을 상대할 수 없는 것
같다. 나는 여성존중주의자지만 이 사실은 부정할 수 없다.

미지근한 물을 탄 위스키가 글라스에 반 이상 남았는데도 영화가 재미없어지니 잠이 오는 것이다. 그래서 텔레비전을 끄고 자버렸다.

이처럼 여자가 끼어들면 흥이 깨지는 경우가 있다. 여자인 내가 이런 말을 하니 남자들은 더욱 그렇게 생각할 것이다. 남자가 끼어들면 흥이 깨진다고 하는 경우도 있을까. 대개 남자가 끼어들면 더 재미있어지던데…….

아니, 잠깐. 어떤 남자냐에 따라 다르지 않을까. 남자 사회의 구폐가 뼛속까지 스며들어서 생각이 완전히 굳은 머리 나쁜 남자라면 끼어들어 봤자 재미없다. 그러고 보니 여자라고 해도 '지혜로운' 여자가 끼어들면 괜찮다. 글쎄, 캐서린 헵번 정도 되는 여자가 끼어들면 존 웨인이 한층 더 재미있어진다니까. 그러나 그렇게 될 무렵, 여자는 이미 환갑이다. 안타깝다.

소주에 물을 타 마시며 가모카 아저씨에게 물었다.

"아저씨, 왜 여자가 끼어들면 보통 흥이 깨질까요. 영화에서도 그렇고, 파티에서 담소를 나눌 때도, 회의에서 토론할 때도, 모험 소설에서도, 심지어는 가정에서도 그럴까요."

"그건 머리가 나쁘기 때문입니다."

아저씨는 한마디로 잘라 말한다.

"어머머, 그런 막말을 그렇게 쉽게 해도 괜찮아요? 아저씨는 여성의 우군, 남자 잔 다르크 아니던가요?"

"아니, 그건 이미 관뒀습니다. 억지로 거짓말하는 것도 이젠 지쳤어요. 진심을 말하자면 여자는 머리가 나빠요. 그래서 여자가 끼어들면 모두 엉망이 돼요. 여자가 말참견하면 제대로 되는 게 없습니다. 한창 남자끼리 재미있는 얘기를 하는데 여자가 들어오면 싸아, 하고 흥이 깨진다니까요. 여자는 전후좌우를 둘러보고 때의 흐름, 분위기의 흐름을 탁 알아차리는 능력이 없어요. 모든 걸 자기 본위로 생각하니까요."

"흥!"

"혹은 교과서대로만 행동한다고나 할까. 처음 배운 대로가 아니면 안 된다고 하는 겁니다. 정말 머리가 나쁘다니까요."

"그렇지 않아요!"

"예를 들어 차 운전하는 것만 봐도 알 수 있어요. 신호가 노랑으로 바뀌면, 여자 드라이버는 뒤에 차가 밀리건 말건 그냥 법을 지킨다고 그 자리에 딱 멈춰 서서 버팁니다. 멍청하게도 파란 신호가 깜빡이기 시작하면 그때부터 바로 멈춰 서는 경우도 있지요. 전후좌우 살피면서 길도 좀 비켜 주고 하면서 유연하게 처신하는 걸 못해요. 응용이 안 되는 거예요, 여자는."

"정말 그럴까요? 왜 그렇지?"

"머리가 나쁘기 때문입니다."

결국은 되돌아온다. 여성 운전자 얘기는 샌프란시스코에서도 들었다. 특히 사오십대 여성들이 운전할 때 보면, 젊은 시절 남자한테 여왕 대접 받던 기억에 사로잡혀 주제도 모르고 잘난 체한다는 것이었다. 집에서 잘난 체하는 거야 타인에게 폐는 끼치지 않아 상관없지만, 그런 사람이 길에 나와 운전하면 엉망진창이 된다고 남자들은 투덜댔다. 미국 남자들은 "여자는 머리가 나빠"라고 분명하게 말하지 않았지만, 포기했다는 말투만큼은 분명했다.

으음, 뭐냐고.

남자 중에도 머리 나쁜 인간이 있어요. 편견과 선입관으로 친친 감겨 있는 인간, 허세 작렬, 잘난 척, 실력도 없는 주제에 교활한 책모만 일삼고, 사탕발림만 하는 인간들도 많아요.

좋은 남자도 많지만.

"남자는 좋은 녀석들이 많아요. 하지만 좋은 여자는 적어요. 없는 건 아니지만⋯⋯. 여하튼 뭐 전체로 봐서 여자는 머리가 나쁩니다."

또 되돌아온다.

"이런 건 다들 아는 사실이지만 대놓고 말을 안 할 뿐이에요. 요즘은 여자에 대해 잘못 말했다간 시끄러워지거든요. 남자는 지금까지 잠자코 참고 있었던 겁니다. 말하고 싶은 걸 누르고 침묵하고 있었다고요. 평론가, 학자, 편집자, 학교 선생님, 경찰, 소방서,

다들 내심으로는 여자가 머리 나쁘다는 것에 질렸지만 시끄러워질까 봐 입 다물고 있는 겁니다."

왜 여기에 소방서가 나오나.

"소방서가 뭐 어때서요? 뭐든 상관없어요. 난 참을 수 없어서 몇천 만 일본 남성을 대표해서 말하는 겁니다. 실제로 여자는 머리가 나쁩니다."

"그럼 왜 지금까지 남자들은 잠자코 있었던 거예요!"

"지금까지는 여자를 안고 싶었으니까. 여자의 기분을 상하게 하면 안게 해 주지 않으니까 억지로 남자 잔 다르크가 된 겁니다. 하지만 슬슬 더 이상 그럴 필요가 없어진 시대에 접어들고 있으니 앞으로는 진실을 말하는 남자들이 속속 많아질 겁니다. 불초 소생이 그 개시를 하는 겁니다."

아저씨는 그러고는 씨익 웃으며 한마디 덧붙인다.

"여자는 머리가 나쁘기 때문에 귀여운 겁니다."

○

옛날
여자

오늘날 젊은 남자들이 너무 보수화돼서 큰일이다.

"여자는 집구석에서 나오지 마라!"

"아이나 낳고 키워라!"

"밥 줘. 목욕할 거야. 잘 거야. 잔소리 좀 하지 마. 시끄러워!"

"양말 벗겨."

"라면 끓여. 배고파. 계란은 필요 없어. 파도 필요 없어."

"뭐야. 내가 싫어하는 반찬뿐이잖아. 이런 걸 어떻게 먹어! 장어 덮밥이라도 시켜."

이거, 누가 누구한테 하는 말이라고 생각합니까?

중, 고등, 대학생 아들이 어머니한테 지껄이는 말입니다.

친구들이 와서 하는 말마다 사춘기 아들 다루기 힘들다고 불평이다. 나는 아들이 주제넘게 큰소리치면 머리를 후려갈기고 아무것도 해 주지 않으면 된다고 생각하지만, 그러나 어머니들은 아들의 노예나 된 것처럼 자진해서 뒷바라지한다.

그냥 놔두면 될 것을 가려운 곳을 자꾸 긁어 주니까 여자는 남자의 하인이라고 생각하는 젊은 남자들이 늘어 간다.

그들이 잘못된 편견을 가지고 여자를 보는 것은 대부분 견식이 부족한 어머니가 잘못된 방법으로 키웠기 때문이다. 견식이랄까, 식견이랄까, 여자는 남자의 하인이 아니라고 제대로 가르치지 않으면 나중에 아들의 아내가 될 여자가 고생한다.

어머니가 자기 자신은 잊어버린 채 오직 자식 시중드는 것만 생각하면 결국 남자 문화의 병폐는 더 심해질 뿐이다.

그러므로 그런 남자를 생산하지 않으려면, 나는 우선 여성 교육에 주력해야 한다고 생각한다. 아들을 키우는 것은 어차피 여자다. 그러니 가능한 한 남녀 본연의 모습에 대해 올바른 비전을 가진 어머니가 될 수 있도록 여자아이를 교육해야 한다는 이야기다. 현모양처 교육 같은 걸 하고 있을 때가 아니다. 멀리 돌아가는 것 같지만 결국 그것이 확실하게 여성 지위 향상에 기여할 거라고 생각합니다.

라고, 나는 친구로 지내는 중년 남자들 앞에서 일장 연설을 했다. 내가 여성 지위 향상에 대해서 늘어놓자 남자들은 머리를 차차 수그리면서 묵묵히 술만 마셨다. 왜들 이러지? 일본 술 '오이마쓰老松'를 물 타서 차게 마시는 사람, 소주에 얼음을 넣어 마시는 사람, 모두 점점 말수가 줄어들었고 자리에는 엄숙 장중한 공기가 맴돌았다.

가모카 아저씨만 쇠귀에 경 읽기 식으로 전혀 주눅 들지 않는 모습.

"거참, 여성의 지위 향상도 좋지만 우리는 역시 요즘 들어 더 절절히 옛날을, 아니 옛 일본 여성을 그리워하고 있지요. 옛 아내나 어머니에게는 굳이 현모양처 같은 틀에 박힌 표현을 쓰지 않더라도 마음 깊이 스며드는 여자다움이 있었어요."

"그래 맞아" 하고 남자들은 다시 활기를 띤다.

"요즘 여자가 나쁘다는 건 아니지만."

"좋았던 옛날이 그리울 뿐."

"여성의 지위 향상에 반대한다는 얘기가 아니랍니다. 단지 좋고 싫고의 문제, 개인적 기호를 이야기하는 것뿐이라고요. 옛 일본 여자는 얌전하고 귀여웠어요."

내가 눈에 힘을 잔뜩 주고 좌중을 훑어보자 남자들은 너도나도 변명하듯 그렇게 말했다.

"그럼 묻겠는데, 어떤 부분이 좋았던 옛날이란 건가요?"

나는 따지듯 물었다.

가모카 아저씨는

"글쎄, 그런 식으로 '뭔데요?' 하고 결론을 서두르는 말투로 말하면 안 돼요. 결론 문화는 여자의 문화가 아니에요. 여자는 어미에 '……' 하고 여운을 길게 남기는 맛이 있어야 합니다."

"흥!"

"남자와 동석해서 술 담배를 해 대는 것도 옛날에는 생각할 수 없는 일이었지요."

남자들은 조심하며 헤헤 웃었고 그중 한 명이 말하기를

"요즘은 친구가 집에 와도 아내가 나와서 같이 마셔. 통 저쪽으로 안 가. 정말이야. 자기도 자리 잡고 앉아서 남편한테 술 가져와라, 얼음 가져와라 지시해."

"부부가 같이 손님을 접대하는 건 좋은 거 아닌가요."

내가 말하자 남자들은 일제히 반박한다.

"술 마실 때만큼은 여자 빼고 남자끼리 있고 싶다고요. 남자의 이야기란 것도 있는데 여자가 끼어들면 좀 그렇지요."

"옛날 여자는 남편 손님이 오면 상만 차려 내고 자신은 부엌에 틀어박혀 있었어요."

"문 뒤에서 쟁반 든 손만 내밀고 '여보……' 하고 불렀지요."

"그 '여보……'가 좋았지."

"술을 데워서는 문 뒤에서 살그머니 술주전자를 내밀고, 술자리가 끝나면 오차즈케*를 권하고…….'

"어쩌다 남편이 '당신도 이쪽으로 오지 그래. 지금 재미있는 얘기가 나오는데' 하면…….'

"'아니요, 여기서도 잘 들려요. 덕분에 웃고 있어요' 하고…….'

"어때요, 이 얌전하고 귀여운 아내.'

"손님이 돌아갈 때는 문 앞에서 절을 하면서 배웅하고, 남편이 대자로 자고 있으면 이불을 덮어 주고, 자신은 뒷정리를 하고 불조심, 문단속, 아이들의 자는 얼굴을 살피는 여자.'

"정말 옛날의 일본 여성이 좋았어요. 야마토 나데시코大和撫子**여, 지금은 어디에.'

흥. 내가 키우려는 것은 "여보……' 하고 부르고 문 뒤에서 손만 내밀어 음식을 내놓는, 얌전하고 귀여운 일본 남자다.

---

* 밥에 녹차를 우려낸 물을 부어서 먹는 음식.
** 참한 일본 요조숙녀를 일컫는 말.

○

한가한
인간

나는 미도리가오카綠が丘라는 집 근처 공원으로 산책을 다닌다.

이곳에서는 최근 공사를 한다며 멀쩡한 연못을 메우거나 두 개의 연못을 하나로 합치는 등 '모래 장난'이 한창이다. 벚꽃 명소라서 잘 완성된다면 좋은 공원이 될 것 같기는 하다.

셔블카*라고 하던가, 흙을 움켜쥔 다음 공룡 같은 고개를 흔들어 뒤로 획 하고 버린다. 기, 기, 기, 하고 앞으로 가 또 흙을 푹 떠올려서 뒤로 획. 그다음은 전진후진하며 땅을 평평하게 고르는 탱크 같은 차. 하려는 바를 바로 알 수 있어서 좋다. 저기를 메우려고

* 유압식의 대형 삽을 장착한 토목 작업용 중장비.

하나, 이쪽을 파려고 하나, 쉽게 이해할 수 있다.

왜 이렇게 남자의 일과 남자가 발명하는 기계는 이해가 잘될까. 포클레인도 그렇고 불도저도 그렇고, 몇 천 평 몇 만 평이나 되는 광대한 땅을 파헤쳐 놓은 가운데 외로이 움직이고 있는 그것들은 '뭘 하려고 하는지 잘 알 수 있는' 일을 바지런히 하고 있다.

그런데 그것을 질리지도 않고 가만히 지켜보는 남자들도 매일 서너 명은 있다. 자전거를 멈추고 파헤친 흙 옆에서 포클레인이 하는 작업을 가만히 보고 있는, 잠방이에 복대를 한 중년 아저씨. 세일즈맨 느낌을 풍기는 젊은 남자. 또 어디 수금원 같은 검은 가방을 끌어안은 초로의 아저씨. 모두 모두 조금 높은 언덕 같은 곳에 서서 포클레인, 불도저가 움직이는 모습을 '가만히' 따분해하지 않고 바라본다.

정신을 차리고 보니 '모래 장난' 하는 현장만이 아니다. 펜스에 얼굴을 갖다 대고 동네 야구를 가만히 지켜보는 남자도 있다. 시합을 하는 것도 아니고 그냥 연습하고 있는 것을 그렇게 넋 나간 얼굴을 하고 보고 있다. 동네 야구 연습 장면이 뭐 그렇게 볼 만한가 하겠지만, 이 넓은 철조망 밖에는 늘 몇몇 남자가 차나 자전거를 세우고 그것을 가만히 지켜본다.

공원 연못에는 '낚시하지 마시오' 하고 가시철망이 쳐져 있지만, 기어이 그 철망 밑으로 기어 들어가 낚시하는 사람이 있다. 그것을 지나가다 발견하고는 일부러 자전거를 멈춰 유유히 내려서 생울타리에 자전거를 기대 세우고, 자신도 가시철망 밑으로 기어 들어가 낚시꾼 뒤로 가서 가만히 지켜보는 사람이 있다.

그것을 나 역시 가만히 보고 있었다는 얘긴데.

요즘은 나무 그늘 아래서 아이들이 무리 지어 매미 잡고 노는 모습을 가만히 지켜보는 남자들도 있다. 특별히 룸펜이나 '매일매일이 일요일'이라는 재수생, 정년퇴직한 사람처럼 보이는 것도 아니다. 남자란 원래부터 꽤나 한가한 인간인가.

여자 중에서는 그렇게 '가만히 지켜보는' 사람을 본 기억이 없다. 여자는 늘 종종거리며 한눈팔지 않고 걷는다. 아이를 데리고 공원에 와도 아이를 어르느라 분주하여 하찮은 포클레인 움직임 따위는 안중에도 없다. 낚시나 야구 같은 건 눈길조차 안 주고 지나간다.

여자는 바쁘다.

하물며 매미 채집하는 아이들 뒤에 서서 똑같이 입을 벌리고 매미채 안을 들여다보는, 매인 데 없이 한가한 여자 인간은 없다.

"남자는 어쩌면 저렇게 한가한 거죠?"

나는 가모카 아저씨에게 물었다.

"한가한 게 아닙니다. 연구에 열심인 거예요."

아저씨는 자기도 남자라고 변호한다.

"셔블카의 움직임, 그 합리적인 구조가 흥미로운 겁니다. 또한 남자에게는 지배욕이랄까 대장 욕심이랄까 자신이 대장이 되어 명령하고 지도하고 싶은 욕구가 있어요. 파헤쳐진 몇 천 평의 땅이 내려다보이는 작은 언덕 위에 서면, 마치 단상에 서서 육군의 대대적인 훈련을 지휘하는 대원수 폐하라도 된 듯한 기분이 나도 든답니다."

"정신 차리세요."

"거기를 쳐라, 여기를 지켜라 하고 호령하는 지휘관처럼 저쪽을 메워라, 이쪽을 파라 하고 지팡이 끝으로 지시하고 싶어지는 거지요."

"그런 걸까요. 하지만 동네 야구 연습에 정신이 팔려 있는 건 또 뭐예요……."

"아니, 거기엔 또 거기 나름대로 언제 던질까, 언제 칠까 하는 것을 가늠하는 재미가 있지요. 이번에는 칠까, 칠까 하고 생각 또 생각하며 두근두근하면서 기다리자면 한 시간쯤은 순식간에 지나가 버립니다. 배트를 쥐는 손놀림이 나쁘다든가 다리 자세가 문제라든가 자신이 코치가 된 기분으로 '으음, 저 녀석 배팅 습관을 바꾸지 않으면 제대로 못 치지' 하는 거지요. 그런 식으로 이를 갈면서 동네 야구 연습을 정신없이 지켜보는 게 남자입니다. 남자에게는 '코치 욕심'이라는 게 크든 작든 있어요."

"하지만 말이지요…… 저, 굳이 가시철조망 아래로 기어 들어가 낚시하는 사람을 가까이에서 지켜보는 건…….”

"그건 낚싯대며 낚시찌의 상태가 멀리서는 잘 안 보여서 가까이 다가가 정확하게 파악하려는 거예요."

"보면서 담배를 꺼내 피우는 사람이 있었어요."

"천천히 생각을 정리하려는 거예요. 남자에게는 당사자 뒤에서 아이디어를 낸다든가 코치를 해 주고 싶은 욕구가 있어요. '고문이 되고픈 욕심'이라고나 할까. 아무래도 이 근처는 물고기가 없는 것 같다, 시간대가 안 좋은 거 아니냐 등 고문이 된 기분으로……."

대장 욕심, 코치 욕심, 고문 욕심. 남자의 욕심이란 결국 한가하다는 데서 나오는 게 아닐까요. 여자가 그러지 않는 건 역시 바쁘기 때문이고요.

○

보디 브러시

"요전번에 보디 브러시를 산다는 여자가 있어서 깜짝 놀랐어요."

가모카 아저씨와 '오이마쓰'를 마시다가 문득 생각나서 말했다.

"보디 브러시라니 그게 뭡니까?"

아저씨가 물었다.

"손잡이가 긴 브러시인데, 목욕할 때 사용하는 거예요."

"어디를 씻는데요?"

"빤하죠. 손잡이가 기니까 등을 씻는 거죠."

"다리가 긴 사람은 다리도 씻을 수 있겠네요. 엉덩이는 어떨
지……."

"쓸데없는 소리 좀 그만해요. 여하튼 내 말은 일본인은 옛날부

터 목면 수건이든 타월이든 직사각형 천에 비누칠해서 그걸 요령 있게 사용하여 몸 어디든 다 밀었어요. 등을 밀 때는 대각선으로 들고 오른쪽 어깨에서부터 밀고, 다시 왼쪽 어깨에서부터 쓱쓱 밀면 기분 좋게 씻을 수 있어요. 등을 민다고 굳이 외국인 흉내 내서 보디 브러시 같은 거 안 사도 될 텐데."

이때 타월은 싼 게 좋다. 정기예금을 들면 은행에서 성냥, 랩과 함께 타월을 준다. 은행 이름이 들어간 요놈이 사용하기 편해서 좋다. 이런 것은 오래 써서 보풀이 일고 올이 성겨지면 그 나름으로 때가 잘 밀린다.

너무 좋은 타월은 지나치게 두터워서 오히려 사용하기 힘들다. 배를 타고 건너온 타월은 물을 닦아 내는 용이므로 세면이나 목욕을 끝내고 써야지 목욕하면서 때 미는 데 쓰기에는 부적합하다. 그걸 목욕 중에 때밀기용으로 사용하면 물을 흡수하여 융단 같아진다.

그래서 보디 브러시라는 것을 쓰게 됐겠지만, 해면이니 보디 브러시니 쓰지 않아도 타월 한 장 있으면 뭐든 할 수 있다.

나의 이모는 샌프란시스코 교외에서 60년 가까이 살고 있다. 여든이 넘은 이 노파는 선물로는 일본 타월을 가져오라고 딱 부러지게 지시한다. 그때 은행에서 공짜로 주는 타월 몇 장을 가져가면 이모는 대만족이다.

"여기 타월은 헤비해서 못 써. 나는 쓰기 힘들어."

이모의 집도 물론 서양식이라 욕조, 화장실, 샤워기가 한 공간에 있지만, 이모는 욕조 안에서 일본풍으로 목덜미를 타월로 씻고 싶은 모양이다. 일본 여자들은 욕조에 몸을 담그고 타월이나 타면 수건으로 목덜미를 씻으면 누구든 우타마로*가 그리는 목욕하는 여인풍이 된다. 그런데 여체를 보디 브러시로 문지르다니, 글쎄 자동차 세차를 하는 거라면 모를까 굳이 우타마로 그림에 비교할 것까지는 없다 해도 너무 멋이 없지 않은가.

요즘 아이들은 걸레도 안 짠다고 하는데 목욕탕에서 타월을 빨고 짜고 하는 게 싫어서 보디 브러시를 쓰는 건가.

옛날 목욕 타월 사용법을 보자면, 목욕을 마치고서는 사용한 타월을 비누칠해서 물에 깨끗이 빨아 짜서 몸을 정성껏 닦는다. 물기는 이것으로 깨끗하게 닦인다. 그다음에 큰 목욕 타월을 사용해 피부에 남은 물기와 머리의 물기를 없앤다. 마지막으로 사용한 타월은 욕탕 냄새가 남지 않게 다시 한 번 깨끗한 물로 빨아 둔다. 이것이 옛날 서민의 목욕 매너였다. 집에 따라서는 때밀이 돌이나 수세미도 목욕탕에 두고 썼지만 일반적으로는 타월 하나로 몸을 씻고 닦았다. 보디 브러시 같은 건 없었다.

---

* 에도시대 풍속화가 기타가와 우타마로(喜多川歌麿)를 말한다. 미인화의 명수이며 관능적이고 우아한 화풍을 지녔다.

그리고 또 요즘엔 욕조에 비누 거품을 만들고 들어간다. 옛날 할리우드 영화를 흉내 내는 것이다.

전쟁 중에는 마을 목욕탕이 한 달에 한 번 정도 문을 열 뿐이었다. 문을 열면 사람들이 와락 몰려갔다. 먼 곳에서 방공 두건을 쓰고 달려오는 사람들도 많았다. 생선 기름 냄새가 나는 비누와 기워서 이은 목면 수건을 사용하여 영양실조로 부스럼투성이가 된 몸을 씻었다. 아이들은 지금의 캄보디아 난민 아이들같이 팔다리는 비쩍 마르고 배만 볼록해 있었다.

"아저씨는 타월을 사용하는 세대죠?"

"뭐, 타월을 사용하든 다른 걸 사용하든 그게 그렇게 중요한가요. 왜 여자가 얘기하면 모든 게 다 심각해지는 걸까요."

아저씨는 불편한 표정을 짓는다.

"군이 술자리에서 전쟁 때 얘기를 해서 옷깃을 여미게 해야겠어요? 하여튼 여자가 얘기를 하면 이렇다니까. 늘 야단맞는 느낌이라고요."

"뭐 말 돌리지 마시고, 아저씨도 보디 브러시는 웃긴다고 생각하는 거죠?"

"거참, 쓰고 싶은 사람은 그냥 쓰게 두자고요. 목면 수건당, 보디 브러시당 다양해서 좋잖아요. 그게 사람 사는 세상 아니겠어요……."

"글쎄 아저씨는 그중 어느 쪽이냐니까요."

"요즘 이 몸은 오십견이라 오른쪽 어깨가 안 올라가서······."

"그래서 어느 쪽이냐고요."

"등은 씻어 달라고 합니다. 브러시나 타월보다 부드러운 여자의 손으로. 죄송."

참으로 아저씨는 대책 없는 인종이다.

◯

학교

치익 치익(의미 불명의 잡음).

아, 4열로 줄 맞춰 서라.

얼른 줄 선다!

잡담 금지!

누구냐 거기……

치익 치익.

(우아한 댄스곡이 나온다.)

자, 하나, 둘……

거기서 돌아, 돌아!

마주 보고.

짠, 짠, 짠 하고……

치익 치익.

잔말 말고 시키는 대로 한다!

자, 한 번 더 반복!

(빠른 박자의 음악으로 바뀐다.)

　이거 몇 백 미터나 떨어진 학교에서 들려오는 소리입니다. 멀리 있는 우리 집에서도 이렇게나 크게 들리니 가까이에 있는 집들은 얼마나 시끄러울까.

　가을운동회를 준비하는 모양이다. 유리문을 닫고 있어도 큰 소리의 진동이 느껴진다. 우리 집은 역 앞에 있어서 선거철이 아닐 때에도 이런저런 선전차가 와서 연설하고 다니는 것을 볼 수 있다. 소련을 욕하는 우익의 연설도 있고 개헌을 반대하는 좌파의 연설도 있다. 어쨌든 평소에도 시끄러운 동네인데, 지금처럼 가을이 오면 이렇게 멀리서 바람결에 실려 오는 마이크 소리 때문에 깜짝 깜짝 놀란다. 가을운동회 마이크 소리는 마치 내 귀에 대고 하는 말처럼 느껴져서 "거기서 돈다, 돈다!" 하면, 나도 빙글 돌아야만 할 것 같다.

　'뭐야, 시끄러워' 하고 마음속으로 혀를 차고 있자면, "잔말 말고 시키는 대로 한다!" 하고 소리 지르는 바람에 움찔하곤 한다.

전에는 고베의 서민 동네에 살았는데 거기도 200미터쯤 떨어진 곳에 초등학교가 있었다.

"○○선생님, 교무실로 와 주세요."

"네 시가 되었으니 여러분 집으로 돌아가세요. 남아 있는 사람들도 집으로 가세요. 교통신호 잘 보고 횡단보도 건넙시다."

하는 마이크 소리가 온 동네 구석구석까지 파고들었다.

갑자기, 참으로 학교란 방약무인한 존재가 아닌가 하는 생각이 들었다. 더구나 그 방약무인함 속에는 '거기 비켜, 거기 비켜, 신성한 교육이 나가신다' 하는 오만함도 스며 있다. '학교가 하겠다는데 뭐 불만 있어?' 하는 자세도 느껴진다.

얼마 전에는 "학부모회가 학교 청소에 동원됐다. 방학 끝 무렵 대청소에 어머니들이 총출동하여 학교 청소하는 것이 과연 온당한가"라는 투고를 읽었다. 아이들에게 자기가 다니는 학교 건물쯤 스스로 청소하게 해야 하는 것 아닌가. 나야 초등학생 자녀가 없으니까 대청소에 동원되는 고생은 면했지만, 이것도 말이 안 되는 일이라고 생각한다. 부모들이 그렇게 많은 세금을 학교를 위해 내고 있는데 청소까지 하라고 하다니.

'학교를 위해' '학교 일이니까' 하면 뭐든지 통한다고 하는 그런 풍조에 나는 도저히 동의할 수가 없다.

벽지 촌구석에서도 학교 건물만큼은 번쩍번쩍하는 철근 건물로 세운다.(개중에는 세운 지 몇 년 만에 폐교가 된 분교도 있다.) 그 마을의 농가는 무너지기 일보 직전인 초가집인데 말이다. 그런 풍경을 보면 속이 쓰릴 정도다. 학교, 학교, 하고 으스대는 학교. 그 아래에서 모든 힘과 돈을 아이들 학업에 쏟아붓고는 가을 귀뚜라미처럼 허리가 부러져 쓰러지는 것이 일본 부모의 현주소다.

학교는 좀 더 겸손해져야 한다.

일본에서는 아이들을 응석받이로 키우기 때문에 그 연장선상에서 학교도 응석받이처럼 뻗대도 된다고 생각하는 것 같다. 하지만 어떻게든 먹고 살기 위해 열심히 일하는 서민은 뻗대지 않아요. 세상에 민폐가 되지 않기 위해 몸가짐을 삼가고 조심조심 살아 가고 있답니다. 학교같이 방약무인하게 행세하려 드는 존재는 세상 어디에도 없지 않을까 하는 생각은 방약무인하게 구는 요즘 어린 아이들에 오버랩되어 떠오르는 생각일 수도 있다. 내가 아는 사람 중 서른 중반인 남자는 언제 아이가 예쁘냐 하면

"전철을 타잖아요, 그러면 초등학교 3학년 우리 꼬맹이가 '우아' 하고 먼저 뛰어가서 양팔을 벌려 자리를 맡아요."

"네, 네, 자주 봅니다, 그런 풍경."

"팔을 쫙 벌려 자리를 맡고는 '아빠!' 하고 불러요. 그럴 때 내 자식이구나, 아이고 예뻐라 하는 느낌이 들어요."

그게 예쁘다고요? 타인이 보면 정말 얄미운 풍경인데, 그렇죠?

가모카 아저씨는 "그렇게 말하면 안 돼요" 하고 나를 나무란다.

"학교가 방약무인이라고 하지만 오세이 상도 생각해 봐요. 밤이면 술 마시고 고성방가로 이웃에 민폐를 끼치고 있잖습니까."

"하지만 그건……."

"밤마다 술 마시고 큰 소리로 토론하고 하니 그것도 일종의 학교, 말하자면 야학이잖아요. 앞으로는 좀 삼가라고요."

○

신기록

텔레비전에 한겨울 내한耐寒 마라톤 방송이 나오고 있다. 노인, 어린이, 주부, 샐러리맨 할 것 없이 뿔뿔이 요도가와淀川 강둑을 달린다.

저런 건 좋다. 나는 텔레비전 뉴스가 비추는 선수들의 평화로운 얼굴을 바라보면서 고개를 끄덕인다. 모두 기분 좋게 달린다. 달리는 것을 즐기고 있다. 이런 건 인생의 즐거움이라고 생각한다. 이렇게 여유 있게 달리는 게 아니라 시간과 거리를 다투며 달려야 한다면 재미없을 것이다. 세상에 '기네스북'이란 게 있지만 난 그런 게 어디가 재미있다는 건지 잘 모르겠다.

나만의 성벽일지도 모르지만 여자는 아무래도 '신기록' 같은 것에는 흥미가 없다. 줄넘기를 몇 번 했다든가. 술을 한자리에서 얼마를 마셨다든가. 다이후쿠*를 몇 개 먹었다든가. 산에 몇 번 올랐다든가. 이혼과 결혼을 몇 번 반복했다든가. 나는 그런 기록에는 별 흥미가 없다. 나의 어딘가에 나사가 빠진 건지는 모르겠지만, 어쨌든 나는 몇 번이든 몇 미터든 상관없다고 생각한다.

"세계에서 최고로 높은 빌딩입니다!" 해도 그게 뭐 어떻다는 건가 하는 기분이 되어 금방 잊는다. 이런 잡학지식은 호기심이 있어야 늘어나는 법인데 호기심이 없으니 몇 번을 들어도 '호오' 하고는 바로 잊어버린다.

여자는 신기록이니 뭐니 하는 것보다 그 내용이 뭐냐에 더 흥미를 갖는 게 아닐까 싶다. 남자는 어떤가.

"아니, 남자는 기록 자체를 좋아합니다. 기록 수립, 기록 깨기 다 좋아해요."

가모카 아저씨는 말한다.

"몇 분, 몇 초, 몇 센티미터에 눈이 반짝반짝. 몇 번째 시합이냐, 하룻밤에 몇 번 했냐는 것에 모두 피가 끓고 살이 떨려요. 실제로 고바야시 잇사小林一茶**는 일기를 쓸 때마다 매번 '오늘 밤 몇 번 했다'라고 적었다지요. 잇사는 역시 남자입니다."

* 팥소가 든 둥근 모양의 찹쌀떡.
** 에도시대 후기의 하이쿠 작가.

"아니, 그런 횟수가 그렇게 중요해요?"

"남자는 한계에 도전하는 것을 좋아하거든요. 그거야말로 남자의 싸움이지요."

"흥. 한계에 도전해 봤자 아닌 건 아니죠. 분발해서 몇 번을 해냈다 한들 횟수만 많으면 뭐해요. 내용이 중요하지."

"내용이라…… 내용 같은 거 아무래도 상관없어요. 몇 번을 할 수 있는가, 그거야말로 인류의 영원한 비원이며, 그것을 향해 매진하는 데서 남자의 숭고한 진짜 모습이 나타나는 거라니까요."

"아니, 잠깐."

나도 진실 추구를 위해 질문을 던지는 바이다.

"잇사에게 물어보러 갈 수 없어서 아저씨한테 묻는 건데요, 매일 몇 번이라고 기록할 때 상대가 어떻게 생각하나, 상대는 만족했나 안 했나……."

"당연히 그런 거는 알 바 아니지요."

아저씨는 오만한 말투로 말을 끊는다.

"어머나. 부인이 불만이어도 상관없다는 거군요. 아저씨의 '기네스북'은 내용이야 어떻든 모양만 갖추면 되는 거네요."

"당연하지요. 게다가 꼭 부인만도 아니에요. 남자한테는 혼외, 혼내 관계없어요. 오직 중요한 건 횟수의 기록이지. 불초 가모카로 말하자면 옛날부터 몇 번 했나 같은 걸 기록한 적은 없지만, 기록

하는 사람의 기분은 잘 안다고 할 수 있어요."

정말로 남자란 신기하다. 몇 번 했는지 써 놓은 걸 보면서 지난 날을 돌아보고 흡족해서 '흐음' 하고 감개에 젖는다는 것이다. 여 자라면 횟수가 아니라 내용이 훌륭할 때 도저히 글로는 쓸 수 없 는 기억을 남길 텐데.

"......"

무슨 말인지 모르시겠다고요……? 홀로 살포시 웃음 지으며 이 중으로 동그라미를 그려 두든가, 가위표 주위를 꽃으로 장식하거 나 별 모양을 그리든가 하겠다는 거지요.

여자는 결과보다도 과정, 그 내용의 충실함을 중시한다. 쓸데없 이 횟수 따위에 우쭐해서 '지난달보다 한 번 많네' 하고 빙긋이 웃 는 일은 없습니다.

이렇듯 '기네스북'은 남자의 문화다.

"그렇다면 도대체 어떤 기록이라면 재미있을 거 같나요?"

아저씨가 내게 묻는다. 글쎄, 나라면 점수나 숫자로는 잴 수 없 지만 그 기술이 사람을 감동시키는 것, 예를 들어 손피리를 잘 부 는 사람이나 귀여운 판다의 곡예 같은 것은 재밌을 것 같다. 그런 것이야말로 깜짝 놀라 마땅하고 존경해 마땅한 기록이라고 생각 한다.

"흐음. 방귀로 연주할 수 있다, 방귀로 피리 소리를 낼 줄 아는 사람도 있다고 기네스북에 기록된 게 있었어요."

아저씨는 말한다.

"아유, 갑자기 웬 방귀 얘기? 저급하게시리."

"뭐가 저급합니까. 왜 여자는 속이 빤히 들여다보이는 고상한 척을 할까."

무슨 얘기야.

이거야말로 '기네스북'을 놓고 할 이야기가 이렇게도 궁했다는 것을 보여 주는 신기록으로 기네스북에 오르겠다.

○

법도에
어긋남이 없다

장칭江淸*은 역시 폼 나.

사형 판결이 내려지고 수갑을 차게 된 순간 "혁명 무죄!"라고
외치고, 끌어내려고 하자 바닥에 뒹굴며 저항했다고 한다. 애초에
"명예롭게 사형시켜 달라"고 큰소리칠 때부터 여자들은 히죽히죽
"음, 폼 나는데" 했다.

침묵을 지키거나, 지조 없게 손바닥 뒤집듯 그동안 했던 말과
정반대되는 얘기를 주절거리거나, 개전의 정을 보이고 자기비판

---

* 중국 여성 예술가이자 정치가. 중국 공산당 지도자 마오쩌둥의 세 번째 부인이며, 마오가 죽
은 해인 1976년까지 강력한 영향력을 행사했다. 문화대혁명을 이끌었던 과격주의자 4인방의
한 사람으로서 1981년 반혁명죄로 사형 선고를 받았고 1991년 자살로 생을 마감했다.

하는 남자 피고들에 비해서 장칭은 일관성이 있어서 제법 폼 난다는 게 여자들의 평판이었다.

나는 여자 친구들을 만나면 "안녕" 하는 인사 대신에 "어때, 장칭?" "정말 대단해" 이렇게 말을 주고받으며 괜히 신나 한다.

가모카 아저씨는 반응이 시큰둥하다.

"장칭만이 아니에요. 요즘 여자들 대단합니다. 기타큐슈에서 보험금 타려고 가짜 살인을 벌이질 않나. 여자 둘이서 사가 현의 경찰을 농락했어요. 무서워요. 요즘 여자들은 나쁜 짓을 하는 데도 거리낌 없다니까요."

이것은 보험금 수령자인 사장과 그의 본처 그리고 그의 애인, 이렇게 세 사람이 공모하여 멀쩡히 살아 있으면서 사고사한 것으로 위장하여 보험금을 타려 한 사건이었다. 사장의 본처와 회사 종업원이던 사장의 애인이 서로 입을 맞춰 애인의 남편이 범인인 것처럼 경찰을 속였던 것이니, 아무래도 요즘은 흉악 사건을 일으키는 여자가 늘어났을 뿐 아니라 범죄 내용도 남자 못지않은 수준에 이르렀다 하겠다.

"여자가 질투나 원한 때문에 사람을 살상하는 것이라면 귀엽지만, 돈 욕심으로 사람을 죽일 생각을 하다니 무참한 마음이 드네요. 여자도 황폐해졌어요. 여자는 좀 더 귀염성이 있어야 하는데."

아저씨의 의견이다.

"하지만 여자가 정말로 자립하려면 일단 남자 수준으로 나빠져야 하지 않겠어요?"

나는 나 나름의 청사진을 제시한다.

"일단 제대로 나빠진 다음 쑥 올라와서 좋아지는…….."

"계속 나빠지기만 할 것 같은데요. 어떻게 생각하시는지."

"아니, 여자는 원래 장점이나 훌륭한 자질이 많고, 올곧고 성실하고 소심합니다. 남자가 만든 문화보다 훨씬 더 품위 있는 문화를 만들 거라고 생각하는데요."

여자가 남자를 대신해서 남자와 같은 짓을 해 가지고는 세상은 진보하지 않으므로, 여자의 좋은 점을 남자의 좋은 점에 플러스한 세상, 그런 것이 나와야 한다. 그러려면 여자가 일단 나빠진 다음 다시 여자의 좋은 점을 되찾았을 때

"정말로 좋아질 거라고 생각해요."

하고 나는 내 생각을 펼쳤다.

"그건 당신의 희망 사항이고, 오히려 남자의 나쁜 점에 여자의 나쁜 점을 플러스한 세상이 될지도 모르지요."

아저씨는 어디까지나 비판적인 데다가 더구나 나한테 반항적이다.

"그 점은 나와 다르네요. 여자가 하고 싶은 대로 더 맘껏 하게 돼야 여자 본위의 좋은 것이 나온다고 생각해요. 어쨌든 한번은

싹 나빠져서······."

"무슨 말을 하고 싶은지는 잘 알겠습니다. 하지만 남자가 나빠질 때는 혼자서 나빠지지만, 여자가 나빠질 때는 남자까지 끌어들인다니까요. 그게 나빠."

아저씨는 심지어 불쾌하다는 표시까지 한다.

"그래도 여자한테 하고 싶은 대로 한번 해 보라고 하는 게 좋을걸요. 공자였나, '마음이 원하는 바에 따라도 법도에 어긋남이 없다'고 말씀하신 게? 그러니 하고 싶은 대로 맘껏 한 후 보란 듯이 용케 마무리하여 조화를 이룬다. 여자라면 분명 그런 경지에 도달할 거예요."

"흥. 애당초 난 공자의 경지 같은 거 인정 안 합니다."

가모카 아저씨는 오늘 뭐든지 반대다.

말이 나왔으니 말인데, 옛날에 학교에서 배웠던 그 공자 말씀이 실로 오늘날 여자의 생태에 잘 들어맞는 것 같다는 생각이 문득 든다. 굳이 장칭이 아니더라도 오늘날의 여성은 학문에 뜻을 두고 남녀공학 대학을 나와 스물네다섯까지는 결혼이냐 일이냐를 놓고 잠시 망설인다.

그러나 서른이 되면 '에잇, 일에 걸자' 하고 팔을 걷어붙인다. 아주 근성이 있다. 이건 즉 '서른에 뜻을 세우다'이다. 주부도 서른이 되면 아이의 진로를 여러 가지로 생각해 본 후 마음을 정하여 융자를 받고 파트타임으로 일을 나가기도 한다.

마흔이 되면 점점 더 내가 가는 길에 확신을 갖는다. 커리어 우먼은 부하가 생길 것이고, 그들을 지휘하는 데 망설임이 있을 수 없다. 주부도 남편과 아이를 리드하는 데 나름 확신을 가지게 된다. 마흔 '불혹'은 여기서 나왔다. 그리하여 드디어 마음이 원하는 바에 따라도 '법도에 어긋남이 없다'고 하는 자유자재의 경지에 도달한다.

"으음. 남자하고는 전혀 다르군요."

아저씨는 분하다는 듯이 말한다.

"서른에 뜻을 세우지 못하고, 마흔에 갈팡질팡, 쉰에 무엇을 위해 살고 있나 자문한다. 이것이 지금의 남자."

"그렇다면 도저히 하고 싶은 대로 해도 법도에 어긋나지 않는다고 하는 경지에는 도달하지 못하겠네요. 히히."

"도달 안 해도 행복합니다. 그런 인생이 비록 외로운 면이 있겠지만 행복합니다. 세상의 여자들이여, 잘 들으십시오. '아뿔싸!' 하고 후회하고 뉘우치고 다시 몹시 후회하는 그런 모든 회한이야말로 인생의 묘미라는 것을. 최후의 마지막까지 자신에 넘쳐 외치는 장칭 같은 인생이 뭐가 재미있을까. 인생의 재미는 자신감을 잃고 기죽어서 부끄러워하는 데 있는 법입니다. 법도에 어긋남이 없다고요? 웃기지 말라고 하세요."

오기로 버티는 거라고 해야 하나, 패자의 으르렁거림이라고 해야 하나. 아저씨는 분하여 눈물을 흘린다.

○

지울 뿐

추위가 물러간 저녁 무렵 산책하러 나갔다 왔다.

　지나가는 사람들이 왠지 나만 뚫어져라 쳐다보는 것 같았지만 나는 별 탈 없이 집으로 돌아왔다. 거울을 보고 '으음' 하고 나 스스로도 생각한다. 손에 닿는 대로 아무거나 걸치고 나갔더니 색깔이 좀 뒤죽박죽이구나.

　빨간 니트 윗도리에 갈색 벨벳 스커트, 그 옷자락에는 하늘하늘 레이스가 달렸다. 양말은 하얀 털실 양말. 신발은 뭉실뭉실 안에 털이 있는 갈색 부츠. 머리에는 암갈색과 하얀색이 소용돌이치는 방울 모자. 머플러는 핑크. 더구나 장갑은 감색 털실에 다섯 손가락이 저마다 색깔이 달라서 하양, 빨강, 노랑, 초록, 분홍이다. 전신이 염색 견본이었으니 뚫어져라 쳐다볼 만도 했다.

나는 어째서 이렇게 패션 센스가 없는 걸까. 색깔 감각이란 것을 잘 모르겠다. 밤이 되어 한잔하러 온 가모카 아저씨에게 말한다.

"센스가 전혀 없는 건 아니에요. '이것과 이게 맞나 안 맞나' 누가 물어보면 '안 맞아' 하고 말할 수는 있어요."

"허, 나도 패션이 이러니저러니 하는 건 잘 모르는데요."

아저씨는 이런 얘기가 나오면 그 경박한 요설이 조금 기가 꺾인다.

"그래도 제대로 꼴이 되는 것과 완전히 뒤죽박죽으로 염색 견본이 되는 것의 차이 정도는 압니다. 이쪽이 좋고 저쪽이 아니고, 이쪽이 낙제고 저쪽이 합격이라는 건 알지요."

"저도 그래요, 아저씨. 남이 입은 걸 보고는 좋아, 훌륭해 할 수 있는데, 나 자신을 꾸미려고 하면 답이 안 나와요. 헉하고 당황스러워……."

"옛 영화 스타의 이름은 특히 더 그렇지요."

아저씨는 워낙 사람 이름 외우는 게 젬병이지만 요즘 특히 '안 떠오른다'고 한다.

"출연한 영화 제목도 알아요. 같이 나온 배우 이름도 알고요. 하지만 정작 그 배우 이름이 좀처럼 안 떠오르는 거예요."

"주변 것들은 뭐든 다 알면서……."

"알아요. 감독이 누군지도 알아, 베스트 텐 몇 위인지도 알아, 그 스타가 누구와 이혼했는지도 알아. 그런데 정작 중요한 그 배우 이름이 안 나와요."

"더구나 그게 거물일수록 더 안 떠오르는 건 아닌가요?"

나 같은 경우는 마이어나 로이라든가 버지니아 메이요라든가 퍼트리샤 닐, 테레사 라이트, 파이퍼 로리는 술술 나오는데 가장 중요한 엘리자베스 테일러, 그 누구라도 다 아는 최고의 배우 엘리자베스는 '엘'자도 안 나오고, "거 왜 결혼을 몇 번씩이나 하고, 그 남편 중 하나가 변사하기도 하고, 다이아몬드 샀다가 다시 팔거나……"하다가 보면, "재클린* 말인가요?"라고들 해서 "아니 그게 아니라 영화배우라고 했잖아!" 하고 다시 처음부터 시작해서, 상대 남자배우 이름을 몽고메리 클리프트, 제임스 딘, 리처드 버튼…… 하고 계속해서 읊어 보는데도 안 떠오른다. 정작 중요한 엘리자베스라는 이름이. 정말 답답하기 그지없다.

그래도 틀린 이름을 대면 "아니야"라고 할 수는 있다. 떠올라야 할 이름은 안 떠오르지만, 아무튼 아닌 것은 안다.

"아니라는 것만큼은 자신 있게 말할 수 있지요. '그건 아니야' 하고 단호히 말할 수 있어요."

* 미국 케네디 대통령의 부인이었던 재클린 케네디 오나시스를 말한다.

아저씨도 깊이 공감하듯 말하고는 "그게 바로 중년의 특징이지요"라고 덧붙인다.

"깜빡 잊는 거 말인가요?"

"아니, 내 안에서 답이 나오진 않지만, 남이 뭐라고 제시하면 단호히 '그건 틀렸어!'라고 부정할 수 있는 거 말이에요. 부정하고 거절하는 것은 아주 자신 있게 할 수 있지요."

"그런데 정답을……."

"그래요, 그건 몰라요. 하지만 뭔가 틀린 것 같은 말에 대해서는 자신 있게 아니라고 외칠 수 있는 거지요. 예를 들어 지금의 도덕이 됐든 뭐가 됐든 '그 점이 틀렸어!'라고 할 수 있어요. 자신감을 갖고 말할 수 있어요. 지금의 제도, 도덕, 습관, 교육부터 부부 본연의 모습, 부모의 가정교육 모두 '그건 틀렸어!'라고 할 수 있어요. 그렇게 단호하게 말할 수 있는 것이 중년의 특징이겠지요."

그러나 틀린 것을 안다 한들 정답을 모르면 어쩌란 말인가.

"무슨 소립니까. 중년은 저것을 사려 깊게 생각하고, 이것을 파악하고, 오른쪽을 돌아보고, 왼쪽을 잘 봐야 해요. '정답'을 조급하게 내놓을 수는 없는 겁니다. 젊은이와 노인은 시야가 좁고 생각이 짧고 성정이 조급해서 '이게 맞다!' 하고 답을 밀어붙이지만, 중년은 그렇게 못해요. 중년이 되었기에, 그야말로 사리 분별력이 생겼기에 겪는 이 괴로움……."

뭐 그리 과장되게 말할 것까지야. 결국 답을 못 낸다는 얘기 아닌가. 공허하네.

"그게 아닙니다. 단언한다는 게 어리석고 위험할 수 있다는 걸 아주 잘 알고 있다는 게 중요한 겁니다. 틀렸을 때는 힘주어 단언할 수 있어요. 지금의 학교 교육, 아내의 태도 불량, 섹스 과잉의 풍조, '이것도 틀렸어' '저것도 틀렸어' '죄다 틀렸어' 하고 지워 갈 수 있어요."

"지울 뿐이군요."

"그게 힘든 일이지요."

중년의 특징은 소거법에 있는 건가.

○

원자력 발전소의
무서움

최근 내가 감격한 것은 고치 현의 벽촌인 구보카와 마을 읍장 소환 소동이었다.

벽촌이라고 말하면 미안하지만, 실제 구보카와 마을은 인구 1만 8,000명밖에 안 되는 작은 읍이다. 원자력 발전소가 세워진다고 해서 반대파가 들고 일어났고, 추진파인 읍장이 소환당하게 됐다.

《아사히신문》(1981년 3월 22일 자)에 의하면 반대 운동에 불을 지핀 것은 마을 여자들, 지극히 '보통 사람들'이었다. "원전이 들어선다나 봐" 하는 소문을 마을 부인 한 명이 들은 게 운동의 시발점이었다.

하지만 그 예순다섯 살의 부인 나카지마 요시코 씨는 "처음에는 무슨 일인지 잘 몰랐어요" 하고 말한다.

　이 농촌 지역은 하우스 원예로 수입도 꽤 좋은 편. 그러나 시골답게 보수적이라서 여자는 정치에 관여하지 않고, 선거 때도 일일이 남편에게 "여보, 누구 찍어요?" 하고 물어보는 곳이었다.

　구보카와 마을의 여인네들은 그처럼 일본 어디에나 있는 촌부들이었는데, 어느 날 '원전이 뭐지?' 하고 생각하게 된다. 그래서 추진파, 반대파 양쪽 모임에 모두 출석해 보고 우선 가장 소박한 의문이 들었다.

　"그렇게 안전한 거라면 왜 굳이 이런 시골에 만드는 겁니까?"

　바닷가의 어부 중에도 반대파가 있다. 그는 말한다.

　"정부도 시코쿠 전력도 원전이 안전하다고 한다. 그렇게 안전하다면 세토 내해 쪽에 세우면 되는 거 아니야? 그걸 이런 데로 가져온다는 건 사고가 났을 때 피해를 최소한으로 막으려는 거겠지. 말하자면 작은 벌레를 죽여서 큰 벌레를 살리자는 건데, 작은 벌레도 살아 있는 생명이야. 작은 벌레도 가족이 있어. 작은 벌레한테도 닷 푼의 혼은 있다고."(《주간 요미우리》 1981년 3월 29일 자)

　그리하여 무슨 일인지 잘 몰랐다는 여자들도 "이건 좀 공부를 해야겠어" 하고 학습회에 나가기 시작했다. 추진파 모임에서는 왜 원전을 세우는지 안전성은 괜찮은지 등의 질문에 설득력 있는 답을 제시하지 못했다. 반대파 학습회에서는 스리마일 섬 원전 사고

* 비디오 등을 보고 원전의 무서움을 알게 됐다. 더 이상 남자들에게 맡겨 둘 수 없었다.

"남자는 술 한잔하면 마음이 흐려지기 일쑤죠. 아무래도 맡겨 둘 수 없어요."

남편은 추진파, 아내는 반대파, 집안이 둘로 갈라졌다.

그래도 반대파 운동이 확산되어 드디어 읍장 소환을 이뤄 냈다.

"원전을 계기로 여자도 정치에 참가해야 한다고 생각했어요. 여성 읍의원이 한 명도 없다는 건 좀 이상하지요"라는 데까지 이르러, 다음 달 진행될 읍장 선거를 놓고 새로운 운동이 확산되고 있다고 한다.

이것은 어쩌다 읍장 소환이라는 정치 문제 형태로 나타났기 때문에 세상의 이목을 끌었지만, 실은 여성들은 이미 사회의 온갖 곳에서 꿈틀거리기 시작하고 있다. 말하자면 개구리가 경칩을 맞이하듯 여성들이 경칩을 맞이한 거라고 할 수 있겠다. 남자는 여자의 파워에 대해 아직 잘 '모르는' 부분이 많다.

구보카와 마을 이야기에 감동받은 나는 원전에 대해 좀 더 공부해 보고 싶었는데, 때마침 나카야마 지카中山千夏** 씨에게서《원자

---

* 1979년 미국 펜실베니아 스리마일 섬에서 냉각수 보급 펌프 고장이 원인이 되어 발생한 원전 사고.
** 일본의 작가. 영화배우, 탤런트, 가수, 성우, 참의원 등 50여 년에 걸쳐 다채로운 활동을 펼쳤다.

력 발전이란 무엇인가, 그 알기 쉬운 설명原子力発電とはなにか, その わかりやすい説明》이라는 책을 받았다.

정말로 알기 쉽게 쓴 책이었다.

원자력 발전의 위험에는 일상생활에 미치는 위험, 대사고의 위험, 폐기물의 위험이 있다. 나아가 더욱 무서웠던 것은 원자력 발전소 수명이 20년이면 끝난다는 사실이었다. 그러면 그때 맹독을 품은 거대한 콘크리트 덩어리를 어디에 버릴 것인가.

이토록 위험한 원전을 정부와 전력회사는 왜 굳이 만들고 싶어 하는지 그 배경이 되는 구조에 대해서도 이 책은 설득력 있는 설명을 제시하고 있다.

나는 전부터 책이나 다른 사람의 이야기를 통해 알게 된 지식을 다른 사람들에게 전하는 것은 '부끄러움' 없이는 할 수 없는 일이라고 생각해 왔다. '묻는 것은 한순간의 창피'지만 '아는 것은 영구적인 부끄러움'이라고 생각했다. 갖고 있는 지식을 드러낼 때 양식 있는 사람이라면 반드시 한없는 부끄러움을 가지고 드러내야 한다. (그런 양식이 없는 학자나 인텔리도 있지만) 그게 어른이라고 생각했다. 그러나 유독 원전에 대해서만큼은 부끄러움이고 나발이고 없다. 원전은 위험하고 무용한 것이다. 우리는 이에 대한 지식을 더 늘리고 사람들에게 전해야 한다. 좋다. 가깝게 노는 친구부터 전달하기 시작하자. 가모카 아저씨에게 말해 줘야지.

"정부는 원전은 그만두고 대체에너지에 대한 연구를 더 본격적으로 해야 해요. 아저씨라면 어떤 에너지를 쓸 건가요?"

"태양, 조력, 풍력이 좋겠지요. 자연의 힘보다 나은 것은 없음."

아저씨는 이렇게 말하고 잠시 생각한 다음,

"인간이 내놓은 똥오줌에서 알코올을 채취할 수도 있어요. 알코올을 섭취한 다음 다시 알코올을 내놓는 거지요. 아주 모범적인 자연 재활용이야."

○

남자가
재미있어하는 것

"포트피아*에 가 봤어요?"

오사카에서는 사람들이 서로 물어 가며 난리다.

나는 줄 서는 것하고는 거리가 멀어서 만국박람회에도 끝내 안 간 사람이다. 인파에 밀려 넘어질 것 같아서 포트피아 역시 아직 안 가 봤다.

중년 중에도 그런 것을 정말 좋아하는 사람들이 많다. 특히 그 무인전철 '포트라이너', 그 자주 고장 나는 녀석이 정말 좋다는 사람이 많다. 한 중년은 우리 집에 와서 "이야, 한 시간이나 기다려

---

* '고베 포트피아 랜드'의 약칭. 1981년 개최된 '고베 포트 아일랜드 박람회' 놀이 시설로 개장했고 2006년 문을 닫았다.

서 탔는데 대단했어요" 하며 신이 나서 말한다.

"우리 집 꼬마 녀석이 데려가 줘, 데려가 줘, 하도 성가시게 굴어서 좋다, 남자아이니까 보여 주자 하고 무리해서 갔지요."

뭔 소리야. 꼬마 녀석보다 자기가 더 가 보고 싶었으면서. 여하튼 입장하는 데 한 시간 줄 서고(예매한 표를 갖고 있으면 여기서 한 시간 절약된다), 포트라이너 타려고 한 시간 줄 서고, 어디 파빌리온인가에 들어가는 데 한 시간 줄 선다. 합계 세 시간은 필요하다. 그러고 나면 곧 문 닫을 시간이라고 한다. 나는 듣는 것만으로도 벌써 기다리는 게 지겨워 못 견딜 것 같은데, 중년 씨는 "그거, 전혀 지겹지 않아요. 아무 때나 있는 기회가 아니니까 가서 뭐든 구경도 하고 체험도 하고 해 봐요" 하더니, 자기가 탈것을 좋아하니까 특히 포트라이너를 타 보라고 성가시게 군다.

물론 요즘은 여성도 우주선 조종사 훈련을 받는다 하고, 또 택시나 트럭을 모는 여성이 늘고 있다. 내 주위에도 운전을 꽤 좋아하는 여자가 없지 않으며, 진기한 탈것을 타고 싶어 하는 사람도 있다. 하지만 남자보다는 단연코 적다. 남자는 나이 불문하고 앞다퉈 포트라이너를 타고 와서,

"멈출 때는 콱 하고 사정없이 멈추는 거예요. 전철이 산노미야에서 급커브를 돌 때는 슬슬 가잖아요. 헌데 이거는 급커브를 돌 때도 봐 주는 거 없어요. 역시 기계라 사람이 운전하는 것과 달리

인정사정 없는데, 그게 더 신나요."

하고 열을 내며 말한다. 운전하는 사람 없이 움직이는 전철이라니 으스스해. 그건 신을 거역하는 거야.

"아니, 그렇게 생각할 거 없어요. 이건 옆으로 누운 엘리베이터다 생각하면 돼요."

기다렸다는 듯 이런 말씀을 하시는 분은 다카하시 모 화백이다. 평소 모 씨라고 불리는 모 화백도 남자 아니랄까 봐 이미 포트라이너의 승차감을 맛보셨다고 한다. 뭐? '옆으로 누운 엘리베이터'라고? 흐음, 그렇다면 무인 운행 버스군.

그런 생각을 하고 있는데 텔레비전에 우연찮게 우주선과 관련된 방송이 나온다. 우주선 제작 과정에 대한 내용. 컴퓨터를 사용한 여러 가지 장치 실험, 타일 접착 등을 하는 모습이 나왔는데 일하는 사람이 비교적 나이 많은 남성뿐이라는 사실이 인상적이었다.

정말로 남자란 그런 기계류, 탈것 같은 걸 좋아하는구나 하고 속으로 감탄한다.

한편 나는 탈것에 환장하는 남자들에게만 감탄하는 게 아니라, 자잘한 일들을 빈틈없이 해내는 여자들을 볼 때도 감탄한다.

내가 사는 동네는 신흥 주택가이기 때문에 작은 규모의 아파트, 맨션이 많다.

봄장마라고 할 만큼 오랫동안 내린 봄비 사이로 해가 나온 게 반가워서 산책을 나왔다. 집집마다 아주 작은 베란다의 빨래 건조대, 마당 울타리, 계단 난간 등에 빨래와 이불이 꽃을 피웠다. 매트리스와 깔개, 시트, 젖은 우산과 아이들 운동화 등 여러 가지를 널어놓았다. 이러니저러니 해도 일본의 주부는 깔끔하게 바지런히 뱅뱅거리며 잘도 일한다. 저런 작은 집을 늘 잘 정리하고 아이를 키우고 장을 보고 밥을 짓고…… . 정말이지 정부는 국민들에게 작은 방, 작은 집밖에 주지 않지만 일본의 아내들, 주부들이 그 작은 공간을 열심히 정리하고 치우기 때문에 어떻게든 그 안에서 살 수 있는 것이다.

"있지요, 아저씨. 저런 자잘한 일, 남자들한테 하라고 하면 못하겠죠?"

나는 가모카 아저씨에게 말했다.

"적은 월급으로 살림을 꾸리면서 식구들에게 맛있는 걸 해 먹이고 청결, 위생에 신경 쓰고 아이를 착하게 키우고…… . 아이고, 정말 이건 컴퓨터를 다루는 일만큼이나 대단하다고 생각해요. 난 남자들이 기계 좋아하고 탈것 좋아하는 것을 존경했는데, 똑같이 여자도 존경해야 한다고 생각해요."

"글쎄요."

아저씨는 결코 "그래, 맞아"라고는 하지 않는 양반이다. 중년 남자란 여자의 말에 맞장구치지 않는 종족임을 다시금 확인한다.

"어느 쪽이든 특별히 존경할 거 없습니다. 그렇다고 양쪽 다 바보라는 이야기는 아니고요. 남자든 여자든 다 자기가 훈련받은 대로 하고 있을 뿐입니다."

"누가 훈련하는데요?"

"세상과 부모. 여자아이도 아기 때부터 탈것과 기계에 흥미를 갖게 하고, 사회에 나오면 엉덩이를 걷어차면서 매출을 올려라, 연구를 완수해라 재촉해 대면 자연히 지금 남자들이 하던 것을 하게 될 거라는 얘기지요."

"과연 그럴까요?"

"남자아이도 취사, 세탁, 육아를 어렸을 때부터 가르치면, 봄장마 틈틈이 부지런히 이불을 내다 말리고 빨래를 하게 되는 거고요. 불초 가모카도 탈것을 좋아하지만 어렸을 때부터 집안일을 하도록 버릇을 들였다면 잘했겠지요."

그런 말을 하던 아저씨가 갑자기 퉁방울눈을 하고 텔레비전을 보기에 또 새로운 탈것이라도 나왔나 싶어 화면을 봤더니, '노팬티로 접대하는 찻집 적발'.

○

부부의 수다

오늘은 비. 집에서 일하면 편해서 좋은데 기분 전환하기 힘들다는
게 문제다. 그럴 때는 죄 없는 스누피 인형이나 할배를 가지고 노
는 수밖에 없다. 스누피는 그렇다 치고, 할배라는 봉제 인형은 언
제 봐도 시들한 얼굴이라서 나는 오늘처럼 비오는 날에는 "후지
산엔 달맞이꽃"*까지는 아니지만 '할배에게는 비 오는 저녁 무렵
이 잘 어울려……'라고 생각한다.

그러다가 아, 이럴 때는 잠깐 파리로 날아가 쇼핑이라도 하고
다니면 기분 전환이 될 텐데 하는 생각이 문득 들었다.

* 후지 산에는 달맞이꽃이 잘 어울린다는, 소설가 다자이 오사무가 한 말을 인용한 것이다.

그런 생각을 하고 있을 때 늘 그렇듯 전혀 기분 전환을 시켜 줄 수 없는 얼굴의 가모카 아저씨가 "놉시다~" 하며 왔다.

"뭐라고요? 기분 전환하러 파리에 간다고요? 거 뭔 시답잖은 소리?"

아저씨는 여자의 동경, 여자의 그지없는 로맨티시즘이 요만큼도 읽히지 않는 모양이다.

"시답잖다고 하지만 때로 그렇게 휙 멋을 부리고 오면 일을 잘 할 수 있을지도 모른다는 일말의 희망이 있다고요."

나는 나 자신의 재능 없음에 대해서는 짐짓 모른 척하고 뻔뻔스러운 꿈을 꾼다.

"그만둬요. 다쿠보쿠는 모래만 움켜쥐고도 명작을 남겼어요.* 의지만 있다면 어디에 있더라도 무엇을 하더라도 예술은 가능해요. 일부러 파리 같은 데 가서 돈 쓰는 건 바봅니다."

천재야 그런 거 필요 없겠지만 범인은 달라요.

달리 할 것도 없어서 이렇게 아저씨와 수다를 떨며 밤 시간을 보내게 된다.

수다라는 말을 하니까 요즘 읽는 책들에 '부부간의 대화' '부부간의 커뮤니케이션'이란 말이 자주 나온다는 사실이 떠올랐다. 특

---

* 다쿠보쿠는 메이지시대 시인이자 소설가 이시카와 다쿠보쿠(石川啄木)를 말하며, 그의 첫 시집 제목이 《한 줌의 모래》였다.

히 중년 부부, 사십대 이후의 부부, 자식을 다 키운 부부 사이에 대화가 필요하다고 그 책들은 설파한다. 그러나 그동안 별로 대화를 나누지 않던 부부가 갑자기 얼굴을 마주하고 앉아서 수다를 떤다는 게 쉬운 일은 아닐 텐데.

"어떻게 생각해요, 아저씨?"

"으음. 직장에서 하루 종일 회의네 상담이네 하면서 떠들다가 집에 와서까지 떠들어야 한다면 남자는 폭발할 겁니다. 잠자코 있을 수 있어서 집인 거지."

"하지만 그래 가지고는 부부의 긴 노후를 주체 못한다고 하는데요?"

"텔레비전을 보면 돼요."

"그러면 너무 정이 없는 거 아니에요?"

"도대체 뭘 떠들란 겁니까. 긴 시간 함께한 부부니 서로의 결점도 알 만큼 알아서 서로 얕잡아 보고 마음속으로 무시하며 사는데, 그런 남편과 아내가 새삼스럽게 시사 문제, 세상 풍속, 철학 예술을 함께 얘기할 수 있겠냐고요. 어차피 읽는 신문도 같을 것이라 떠드는 논조도 비슷할 텐데 둘이 얘기하는 게 뭔 재미가 있겠어요."

그렇기는 하지만 그래도 어떻게든 얘깃거리를 찾아서 이야기의 실마리를 이어 가면…….

"그게 뭔 소용입니까. 수다란 것은 자연발생적으로 나오기 때문에 수다인 거라고요. 일부러 수고하여 말할 거리를 찾아야 한다면 그건 수다가 아니라 고역이지요. 그런 고역을 치르러 집에 가야 하는 거라면 차라리 가능한 한 늦게 돌아가자 해서 남자들은 밖에서 한 잔 할 거 두 잔 하게 되는 거라고요."

남자야 그럴지 몰라도 여자는 착실하니까 그런 책을 읽으면 '정말 그래. 지금까지 너무 대화가 없었어. 이제부터 부부의 대화를 소중히 해야지' 하고 불현듯 눈 뜨는 사람이 많을 것이다.(그렇지 않을까 생각한다.) 그리고 또 남편 중에도 착실한 사람이 분명 있을 것이다. 그런 사람들은 아내의 노력에 자신도 응답해야 한다고 생각할 테니까 필사적으로 얘깃거리를 찾아서 필사적으로 대화를 이어 갈 것이다. 그러다가 우연찮게 조금 재밌는 얘깃거리가 나오면 '살았다!' 하고 쌍방간에 마음이 놓여 "하하하하" "호호호호" 하고 마주 보며 웃는다.(그렇지 않을까 생각한다.) 이것은 나 자신의 경험이다. 오랜 기간 함께 살다 보면 부부간에 할 얘기란 게 완전히 없어진다. 그것이 문제라고 지적받으면 부부들 대부분은 당황하고 낭패스러울 것이다.(그렇지는 않을까 생각한다.)

이리저리 생각하다가

"있지요, 아저씨. 대화가 없어도 잘해 나갈 수 있는 부부라면, 그건 그것대로 좋지 않을까요?"

"지당하신 말씀."

아저씨는 따끈한 술을 입에 물고 고개를 주억거리며

"나름 잘 살고 있는 부부에게 쓸데없는 말을 해서 없던 문제를 만들거나 당황하게 할 건 없어요. 본인만 지금 상태에 만족하면 돼요. 백 쌍의 부부에게는 백 가지의 경우가 있는 거니까."

"하지만 우리 여자들이 화나는 건, 남편이 다른 데서도 말이 없다면 모르겠는데 집에서는 뭐가 언짢은지 입을 꾹 다물고 지내면서 밖에서 애인이나 술집 호스티스를 만나면 희희낙락 술술 잘도 떠든다는 거예요. 그걸 참기 힘든 거예요. 왜 집에서 아내한테 할 말을 남겨 두지 않는 건가요? 왜 하루 말할 분량을 밖에서 다 쓰고 들어오냐고요."

"거참, 그렇게 따지고 들면 남자들이 좀 찔리지요."

넉살 좋은 아저씨는 말은 그렇게 하면서도 조금도 찔려 하지 않는다.

"남자의 그 버릇은 어떻게 해도 안 고쳐져요. 그러니까 애초에 부부란 게, 이게 문제인 겁니다. 그러니 모든 중년 부부는 이혼하고 애인 관계가 되면 돼요. 그리고 일주일에 하루나 이틀만 만나는 겁니다. 그렇게 하면 얘깃거리가 얼마든지 있겠지요."

하긴 그 밖의 날들은 여자도 옆집 남자와 수다를 떨 수도 있고. 좋은 생각일지도 모른다.

○

남자가 한창일 때
여자가 한창일 때

나에게는 직장 여성, 여대생, 주부 등 여러 부류의 여성들로부터 독자 편지가 오는데, 그중 간호사가 편지를 보내오는 경우는 유독 적다. 그건 내 책을 읽는 간호사가 없어서라기보다,

"여하튼 바쁘거든요."

하고 어느 간호사가 말했다. 독서를 좋아하는 간호사는 많지만 책을 읽고 작가에게 편지를 쓰는 간호사는 없다. 바빠서 편지 같은 거 쓸 틈이 없다는 것이다.

"일손이 부족한가요?"

"네, 늘 부족해요."

"하지만 해마다 간호사 양성은 하고 있잖아요?"

"그래도 결혼하면 그만두는 사람도 많고, 또 중노동이라 나이 먹으면 힘들어서 일을 관두는 사람이 많아서요."

"그래도 육아에서 벗어나는 삼사십대는 한창 일할 나이잖아요. 그런 사람이 컴백이라고 해야 하나, 유턴이라고 해야 하나, 그런 거 하면 되지 않나요?"

"병원에서는 그런 사람을 채용하지 않아요. 아무래도 젊은 사람을 선호하지요."

"이상하네. 자녀 있고 남편 있는 중년 여성 쪽이 아는 것도 많고 세상 물정에도 밝아서 환자의 심리를 구석구석 살피고 상냥하게 잘 돌볼 거 같은데……."

"하지만 대형 병원에서는 채용할 때 나이 제한을 둬서 유턴하고 싶어도 못해요."

라는 거였다. 분명 중년이 되어 다시 일하고 싶어 하는 경력자가 많을 텐데 그들을 채용하기 꺼리는 것은, 채용하는 측의 나이에 대한 감각이 옛것 그대로 변하지 않은 데에도 원인이 있지 않을까 싶다.

나 자신을 돌아봤을 때 인생의 전성기는 삼사십대였다.

이십대는 불평만 많고 일은 제대로 안 하는 사람이 많다. 젊은 게 좋다고만 할 게 아니다. 더구나 이십대에는 아직 건강의 기초가 굳건하지 않은 사람이 많다. 남녀 모두 덩치만 크고 속은 부실

해서 바람이 술술 통한다. 감기 잘 걸리고 설사 잘하고. 가장 중요한 때다 싶으면 병에 걸려 자리보전하고 눕는다. 순발력은 있지만 지속력은 없는 것이다.

쉽게 화를 내고 쉽게 자포자기하고 아차 하면 자살도 한다. 별나게 얼굴이 두껍다 싶다가도 어이없게 깨끗이 포기하기도 한다. 미덥지가 않다.

요컨대 아직 여물지가 않은 것이다. 뭐 이제 인생을 시작한 상태니 무리도 아니겠지만 그런 젊은 사람을 채용하여 교육해서 쓰려면 기업이든 단체든 신경도 많이 쓰고 돈도 많이 써야 한다.

그에 비하면 삼사십대는 몸도 튼튼하고 정신도 확실하다. 모든 면에서 안정돼 있다.

"그렇지 않나요, 아저씨."

나는 가모카 아저씨에게 말했다.

"여자가 한창일 때는 십대, 이십대가 아니라 삼십대 이상이 아닐까요? 그리고 그 이상은 나이 제한 없음 아닐까요? 그리고 보면 여자가 한창일 때는 한창 일할 때네요."

"아니, 그렇지 않습니다."

아저씨, 늘 그렇듯 퉁방울눈을 뜨고 반대한다.

"여자가 한창일 때랑 한창 일할 때는 구별해야 해요. 한창 일할 나이라고 하면 이십대에서 오십대까지, 아니 육십, 칠십이라도 일할 사람은 남자든 여자든 다 일합니다. 그러니 여자가 한창 일할 때와 여자가 한창일 때를 뒤섞어 버리면 곤란하지요. 그렇게 봤을 때 여자가 한창일 때는 사십대 같습니다."

"어, 여자가 한창일 때란 여자가 가장 아름다울 때 아닌가요."

"아름답다고 해야 할지 어떨지는 몰라도 여자가 한창일 때란 여자가 가장 행복해지는 시절을 말하는 거라고 생각합니다."

아저씨는 뭔가 사태를 복잡하게 만들어 놓고는 '오이마쓰'를 한 입 홀짝이며 빙긋이 웃는다.

"삼십대는 아직인가요?"

"삼십. 삼십은 아직 색정의 길에 마음 빼앗기고 있어서 말입니다."

"하하하."

"이십대 때의 사랑 전쟁에서 패한 후 전후 처리가 아직 잘 안됐거나, 그때 입은 부상으로 후유증이 남아서 살아가면서 꼼짝달싹 못한다든가, 즉 인생의 정비 공장에 들어가 있는 경우가 많지요."

"중고차도 아닐 텐데요."

"아니, 부품을 한두 군데쯤 바꿔 끼우고 몸체 색깔을 다시 칠한다든가 기름을 쳐 바른다든가 하는 수치를 거듭하면서 마음 쫓기고 숨 쉴 틈도 없는 때가 삼십대입니다."

"어유, 잘도 아시네요."

"그 초조함이 얼굴에 저절로 나타나지요. 도저히 느긋하게 있을 수 없어요. 여자가 한창일 때와는 거리가 멀지요."

"그럼 남자가 한창일 때는 언젠가요."

나는 분한 마음이 들어 한마디 한다.

"아저씨처럼 '지천명'도 벌써 지났고, 인생의 결승선도 가까운 오십대라고는 해도 실은 사사오입하면 예순에 가까운 사람은, 남자의 한창 때도 이미 지난 거 아닐까요. 그렇다고 한창 일할 때도 아닐 테고……."

말하기 좀 뭣하지만 남자에게는 '죽기에 한창일 때'라는 것도 있지 않을까. 오십대에 덜컥 가 버리는 경우도 많고.

"아니. 언제 죽어도 좋다고 저는 생각합니다. 언제 죽어도 좋다고 생각하는 때가 바로 '사는 데 한창일 때'라고 할 수 있지요."

아저씨, 또 술을 맛나게 꿀꺽 마신다. 말하자면 남자가 한창일 때란 '한창 마실 때, 한창 반대할 때'라는 얘기일까.

○

부부싸움 하는
방법

얼마 전 신문에, 이혼율이 사상 최고에 이르렀다는 기사가 실렸다.

미국에서는 이혼을 너무 많이 해서 '이혼하는 법'에 관한 책은 안 팔리고, 오히려 '이혼 막는 법'을 알려 주는 책이 잘 팔린다고 한다.

이혼을 막으려면 남편과 아내가 '서로를 아는' 것이 중요하다. 그리고 서로를 알려면 건설적인 부부싸움을 해야 한다. 하지만 건설적으로 싸우려다가 이혼으로 발전하면 어쩌려고.

"발전해도 괜찮지 않나요. 그냥 이혼하라고 해요. 그게 뭐 어떻다고. 회자정리, 만나고 헤어지는 거지요. 어느 한쪽이 죽을 때까지는 무슨 일이 있어도 함께 살아야 한다면 정말 절망스런 나머지 눈앞이 캄캄해질 겁니다."

가모카 아저씨는 말한다.

"그건 그럴 수 있다 쳐도 어쨌든 부부싸움에 건설적인 방법이란
게 있기는 할까요."

서로를 알기 위해서 하는 건설적인 싸움과 단순 무모한 싸움의
경계는 어디일까.

건설적인 싸움을 좋은 싸움, 무모한 싸움을 나쁜 싸움이라고 한
다면, 그 중간쯤에 있을 '보통의 싸움'은 또 어떤 것일까. 나의 의
문과 궁금증은 구름처럼 피어오른다. 대부분 세상 사람들은 나를
포함하여 모두 '보통남' '보통녀'이기 때문에, 이 둘이 하는 싸움은
어떻게 해도 '보통의 싸움'이 되고 만다.

도대체 어떻게 하면 건설적인 '좋은 싸움'이 될 수 있을까. 혹시
요즘 유행하는 아내의 '사는 보람'이라는 것에 대해 서로 논하면
건설적인 싸움이 될까.

대부분의 전업주부는 '보통녀'니까 세상의 유행을 좇아 '사는
보람'이라는 말에 관심을 가질 것이다. 그리하여 남편과 아내는
서로의 생각을 이해해야 한다며 '보통남'인 남편에게 호소한다.

"나도 사는 보람이 필요해, 여보."

하지만 남편은

"그런 거 아무한테도 없어."

하고 냉정하게 내뱉는다.

"뭐? 남자는 직장에 다니니까 사는 보람이 있잖아. 일이 있으니까!"

"일이 어째서 사는 보람이냐!"

"그럼 왜 일하는데!"

"먹고 살아야 하니까!"

"당신은 진부해!"

"진부하다, 새롭다 하는 문제가 아냐! 사는 보람이니 뭐니 하고 육갑을 떨다가는 당신하고 애들 못 먹여 살려. 무슨 잠꼬대 같은 소리야. 텔레비전에서 쓸데없는 얘기 얻어 들을 시간에 맛있는 밥이나 해 줘 봐!"

"뭐야, 입만 열면 먹여 살리니 어쩌니, 그렇게 잘난 척할 만큼 돈을 벌어 오기나 하냐고!"

사는 보람론은 이런 식으로 '보통의 싸움'으로 귀결되고 만다. (내 상상도 어지간히 진부하구나.)

서로를 알기 위한 싸움, 건설적인 싸움은 어렵다.

"왜 서로 알아야 하나요?"

아저씨는 신기하다는 듯이 말한다.

"굳이 싸워 가면서까지 서로를 알려고 하지 않아도 결혼 생활은 문제없이 계속할 수 있을 것 같은데."

195

"어떻게요?"

"비결은 하나. 보고도 못 본 척."

아저씨는 빙긋이 웃는다.

"아내의 싫은 점, 맘에 안 드는 점을 보고도 못 본 척, 눈을 반쯤 감고 있는 겁니다. 다 감으면 캄캄하니까 조금만 떠서 아내의 싫은 점이 눈에 들어오지 않게 하는 거예요. 이게 부부 관계가 몇 십 년 지속되는 비결이지요."

"난 그런 거 싫어요."

그런 건 먼 옛날부터 있어 온 포기 무드 결혼 생활로, 지금은 대부분의 여자들이 더 이상 그런 매너리즘에 빠진 결혼 생활을 원치 않을 것이다.

즐거운 결혼 생활, 생기 넘치는 결혼 생활, 자극받는 결혼 생활, 성장하는 결혼 생활, 두근두근한 결혼 생활, 서로 배우는 결혼 생활 같은 것을 원한다. 친구형, 가부장형, 엄처시하형을 불문하고 뭐가 됐든 결혼의 내용물이 생기 넘치거나 둘이서 성장한다거나 하는, 그런 거여야 한다고요. 아저씨는 내 말을 가로막는다.

"이야, 그건 감당 못하지요. 남자는 그런 젖내 나는 마누라 감당 못해요. 여자는 맛있는 밥을 짓고 늘 생글생글 웃고 있어야 좋지, 나날이 성장하시면 곤란합니다."

"남편도 함께 성장하면 되잖아요."

"남편은 세상에 보조를 맞추며 살아야 해요. 세상이 성장 안 하는데 혼자서 성장하면 곤란해요. 그러니까 주변을 둘러보고 현재 위치를 확인하면서 행동한다고요. 그런데 여자는 세상과 상관없이 저 혼자 성장하려고 들어요. 마구마구 무턱대고 성장하려 들어. 그러면 가지와 잎만 무성해지고 뿌리는 썩는다는 것도 몰라요."

아저씨는 근엄한 얼굴이다. 아저씨는 이런 진부한 소릴 하기 때문에 '완전 중년'이라는 별명을 얻은 것이다. 그런데 이제는 '완전 노인'이라고 해도 되겠다. 완전히 맛이 갔다.

"흠, 아직도 그런 진부한 소릴 하다니. 아저씨하고는 이제 현대의 여자, 아내, 부부, 결혼 같은 것을 논하기는 틀렸네요. 남편과 아내가 진짜로 즐거운 결혼 생활을 하고자 한다면, 굳이 미국 책을 들출 것까지도 없이 건설적인 부부싸움을 해서 서로를 알아야 한다는 것쯤은 알아야 하지 않겠어요? 마음을 숨기지 말고 진심을 토로하며 논쟁을 벌인다⋯⋯."

"무, 무슨 소립니까."

아저씨는 엄청 무서운 말을 들은 것처럼 얼굴색까지 변하면서 펄쩍 뛰더니 손가락을 세워 입술에 대고는

"쉿. 진심을 말하다니, 무슨 그런 끔찍한 소리를. 진심은 무섭고 울적한 겁니다. 결코 입에 담아서는 안 되는 거예요. 이것이 원만한 결혼 생활의 비결 중 비결이라니까요."

○

아내의 복수

저기요, 여러분.

나 지금 무서운 책을 읽고 말았어요.

하지만 멋진 책이에요. 여성 필독. 남성 숙독. 아내 애독. 남편 탐독.

제목부터 무서운, 《아내들의 복수—이혼으로부터 결혼을 생각 한다妻たちの復讐−離婚から結婚を考える》라는 책입니다. 고마샤쿠 기 미駒尺喜美* 씨가 펴낸 책이에요.

아, 알았어. 그래, 알았다고. 에잇, 한 권 사서 구석에 처박아 놔 야지, 하시면 안 돼요.

* 일본의 근대문학 연구자, 여성학자.

아내에게 거부당하고 미움 받는 몰이해한 남편, 그리고 자신은 그럴 거라고 생각도 못하겠지만 아내가 정나미 떨어져 하는 남편, 또 날아 보려는 아내의 발목을 꽉 붙잡고

"여자는 집에 있어! 여자가 사회에 나가 봤자 어차피 아마추어야!"

"여자는 집안일과 육아에 전념해. 그게 여자의 특권 아닌가. 특권의 고마움을 모르고 내팽개칠 생각만 하다니."

따위 소리를 하는 남편은 아내로부터 어떤 일을 당하는지 아는가.

서서히 복수를 당한답니다.

사토 아이코 씨의 소설에 이상한 것이 있었다.(이 사람의 책은 항상 이상하지만.) 얄미운 남편의 사진을 겨된장*에 담가 두는 부인의 이야기다.

겨된장에 담기면 그 어떤 것도 견딜 수 없다. 남편은 결국 세피아색으로 색깔이 변하고, 어룽더룽 벗겨지고, 얼룩져 엉망이 되고, 흐늘흐늘해진다.

겨된장독 뚜껑을 열 때마다 변해 가는 남편 사진을 확인하는 부인은 남몰래 '히죽' 슬며시 웃는다.

* 쌀겨에 소금을 섞어 물로 반죽하여 발효시킨 것으로 갖가지 채소를 담가 절임 반찬을 만들 때 쓴다.

이런 짓을 당하는 남자가 의외로 여기저기 많을 것이다. 나는 옛날에 남편한테 한마디 들은 것에 대한 화풀이로, 남편이 외출할 때 일부러 현관에 있는 구두를 좌우 반대로 놔둔 적이 있다. 그랬더니 고소했다. 반대로 놓인 구두의 표정이 남자의 위엄을 비웃는 듯했기 때문이다.

하지만 이 책의 내용은 더 굉장하다. 전 혁명운동가의 아내. 이 남편은 집 안에서는 독재자로 아내를 차갑게 대한다. '살리는 것도 죽이는 것도 남편의 자유'라고 생각하는 남자다. 마흔한 살에 아이를 하나 둔 그 아내를 고마샤쿠 기미 씨가 인터뷰했다. 이 책의 제3장 '여자에게 결혼이란' 부분인데, 아내가 과로로 쓰러져도 남편은 혀를 차기만 할 뿐 자신의 서재로 들어가 버린다. 여자는 일회용이라고 생각하는 모양이라고 그 아내는 말한다. 커피를 타려다가 싱크대에 와락 피를 토한 적이 있다. 그때도 남편은 "뭐야? 커피는 어떻게 됐어?" 했다고 한다.

고마샤쿠 씨는

"물론 남편 쪽 이야기를 듣지 않았기 때문에 그녀의 말만으로 사태를 판단할 수는 없다고 본다. 그러나 그녀의 이야기에 다소 과장이 있다 치더라도 생각하건대 그녀의 남편 같은 '경향'을 가진 남편이 세상에는 많을 것이다. 십 년 전이라면 굴러다니는 돌만큼 많았을 것이다. (중략) 그러니까 그녀의 남편은 다른 남편들에 비해 특별히 이상한 성격의 사람이었다기보다는 오히려 정직하게 자신의 마음을 드러낸 사람이 아닌가 한다."

라고 말씀하신다.

실제로 아내가 병에 걸리면 입부터 쑥 나오는 남편이 세상에는 많다. 이 아내는 전제군주 남편에게 남몰래 복수한다. 독초를 연구해 투구꽃을 심기도 하고, 남편이 소리를 질러 대면 된장국을 걸레 빤 물로 끓이기도 하고.

요즘 직장 여성들이 못되게 구는 상사에게 줄 차를 탈 때 비듬을 넣는다고 하는데, 비듬밥, 비듬국은 옛날 군대 때부터 있어 온 괴롭힘 수법으로 나는 알고 있다.

그러나 이 부인이 대단한 점은 "좀 더 좋은 방법은 자신의 손가락을 베어 곪게 한 후 그 고름을 넣는다"는 것이다. 이정도면 괴롭힘의 완결판!

"이걸 먹이면 복통을 일으켜요. 그런데 그래 봤자 남편이 자리에 눕게 되는 것일 뿐 결국 내가 우울해지잖아요. 콱 죽어 주는 거라면 좋겠지만요."

그래서 이 부인은 그런 건 진정한 복수가 아니라 단순한 화풀이에 지나지 않는다는 것을 알게 되어 그런 일은 그만두고, 대신 살림을 알뜰살뜰하지 않기로 했다. 지금까지는 아끼고 아껴서 살림을 꾸려 왔지만, 이제는 그게 바보같이 느껴져서 그렇게 하지 않기로 한 것이다. 그리고 "이번 달은 2만 엔 부족해요" 하고 남편한 테 당당하게 말한다고. 그러면서 십 년 지나서 증발할까, 아니면 지금 바로 이혼할까 망설이고 있다고.

고름이라니 거기까지는 미처 생각 못했네. 하지만 이 책을 읽으 면 남자와 여자가 함께 산다는 것이 얼마나 무서울 수 있는지 싫 더라도 똑똑히 알게 된다.

아니, 결혼이라는 제도, 그리고 남자는 바깥, 여자는 집 안이라 는 성별 분업이 이런 질퍽질퍽한 어둠을 조장하는 것은 아닐까 하 는 생각이 든다. 이 인터뷰 하나를 모든 여자들의 증례라고 할 수 는 없을 것이다. 그런데 나는 요전번에 어떤 여성지에서 어떤 남 성 지식인이 "집안일과 육아는 여자의 특권이다. 여자는 어째서 자신의 특권을 적극 활용할 생각은 하지 않고, 여자의 취직이 막 혀 있네, 취업해도 차별받네 하며 야단법석을 떠는지 모르겠다"고 쓴 것을 읽었다. 이 사람은 여자는 가정의 프로가 돼라, 남자는 그 것을 위해 아내에게 월급의 반을 지불하면 된다고 주장하는데 웃 기지 마라. 안 그래도 적은 월급, 아내에게 반이나 지불하면 남은 식구들은 뭐 먹고 살라고. 결국 아내를 가사노동의 프로로 규정하 는 것은 여자를 생활 수단으로만 생각할 뿐 그 외의 삶의 방법을 인정하지 않겠다는 심보 아닌가.

"잠깐 기다려요. 그 복수의 신으로 화한 부인 말입니다."

가모카 아저씨가 끼어든다.

"십 년 기다린다니, 그 동안 부부관계는 어떻게 할까요?"

"지금은 전혀 없대요. 남편에 대한 거부감이 강해서 열리지 않는대요. 망치로 두드려도 들어가지 않는답니다."

"그럼 그 사람은 탐폰도 못 쓰겠네요."

아니요. 그건 들어간답니다. 본인도 "신기해요" 하고, 고마샤쿠 씨도 "하하하" 웃었답니다.

○

나쁜 벌레

《슈칸분슌週刊文春》에 실린 이토 모토코伊藤素子* 씨의 수기를 읽으면 '미나미'는 나쁜 남자다.

옛날 어른들은 시집갈 나이의 딸에게 "나쁜 벌레가 안 붙게……"라는 말을 자주 했다.

어렸던 나는 그 말을 듣고 진드기나 빈대 같은 것이 예쁜 아가씨의 어딘가를 문다는 건가 하고 걱정했다. 벌레라면 남자나 아이들한테도 달라붙을 텐데 왜 아가씨한테만 특별히 그런 말을 하는지도 알 수 없었다.

* 산와은행 직원으로 애인 미나미 도시유키(南敏之)와 공모하여 근무처에서 1억 3,000만 엔을 횡령했다.

지금도 그 '벌레'의 기억이 강하게 남아서 미나미라는 남자의 사진을 보면 거대한 곤충의 느낌이 난다. 옛날 어른들이 말했던 '나쁜 벌레'의 견본 같기도 하다.

그러나 나쁘다고 하는 것은 주위 사람들의 생각이고 정작 당사자인 여자는 황홀해서 행복할지도 모른다. 벌레에게 물리는 몸의 황홀함과 불안. 몇 십 년 살아도 그런 것을 한 번도 만나 보지 못하고 일생을 끝내는 여자도 있으니까.

이토 씨의 수기에 의하면, 그녀는 컴퓨터를 요리조리 헛갈리게 조작해서 공금을 횡령하기 이전에도 이미 자신의 돈 900만 엔을 미나미에게 갖다 바쳤다.

노처녀가 자신의 돈을 900만 엔이나 애인에게 털어 바쳤다는 건 대단한 일이다. 모토코 씨의 얘기를 듣고 '나도 한번 해 봐?' 하고 군침 흘리는 색남들이 많겠지만, 이토 씨처럼 인간성 좋은 여자를 만나기는 좀처럼 쉽지 않을 것이다. 그런 여자를 알아보고 점찍은 게 거대 곤충 미나미의 재능일지도 모르지만, 노처녀란 색에 빠졌다가도 남자가 자신의 돈에 손을 댔다 하면 결연히 털고 일어서는 법이다. 이토 씨가 부모와 함께 살고 있었다는 게 도리어 화가 됐을지도 모른다. 자립 인간, 홀로 사는 노처녀였다면 한 단에 얼마 안 하는 파도 "반만 살게요" 하는 짠순이 생활을 한다. 돈 문제에 대해서만큼은 이명이 들릴 정도로 예민하므로 그것을 빼앗으려 들면 목숨 걸고 저항할 것이다.

혹 그런 애달픈 돈일수록 더욱더 쉽게 갖다 바친다고 생각할 수도 있겠지만. 어쨌든 부모 밑에 있으면 먹는 것과 자는 것은 보장되므로 돈 씀씀이가 헤퍼져서 알게 모르게 큰 손해를 입는 경우가 있을 수 있다. 세상 부모들은 "딸을 혼자 살게 하다니 무서워서 못해요" 하는데, 이렇게 보면 어느 쪽이 더 낫다고 말 못하겠다. 시가은행의 A씨도 부모와 함께 살았다.*

그리고 부모와 같이 살면 남자와 몰래 여행 가는 짓 같은 건 못하겠지 하고 생각하는 부모도 많은데, 그것도 부모의 얕은 생각. 이토 씨는 부모의 눈을 속이고 미나미와 훌륭하게 홍콩을 여행했다. 게다가 홍콩 여행 비용 80만 엔도 이토 씨가 다 냈다고 한다.

남자와 여행하는 돈을 자신이 다 내야 할 경우 보통의 노처녀라면 '왜 그래야 해, 왜 내가 그렇게까지 해야 하는 건데' 하는 마음이 문득 들었을 텐데 말이다.

"그건 오사카 여자만 그런 거 아닌가요?" 하는 남자도 있지만, 노처녀에 있어서 오사카 사람이냐 도쿄 사람이냐는 중요하지 않다. 오직 '부모 밑에 있는 노처녀'와 '자활 자립한 노처녀'의 차이가 있을 뿐이다.

---

* 1973년 시가은행 횡령 사건을 말한다. 42세 여행원이 6년간 1,300회에 걸쳐 9억 엔을 횡령하여 열 살 연하의 정인에게 갖다 바쳤다.

여행 비용만이 아니다. 거대 곤충 미나미는 이토 씨에게 뭐 하나 제대로 사 준 적이 없었다. 이럴 때 보통의 노처녀라면 "균형이 안 맞잖아!" 하고 부르짖었을 것이다.

이토 씨의 수기에 의하면, 첫 데이트 때 '센리 세르시'라는 레스토랑에서 미나미가 스테이크를 사 줬다고 한다. 제대로 된 식사를 사 준 건 그때뿐이었고, "그 뒤로는 좋아 봤자 드라이브인에서 햄버그나 불고기, 대부분의 경우는 '쓰케멘다이오'*에서 라멘을 먹었다"고 한다. 선물은 "은목걸이, 브로치, 콤팩트, 에르메스 비누에 보디 파우더"로 정말 인색하고 쩨쩨한 녀석이다.

이 '쓰케멘다이오'와 '센리 세르시'가 눈물 난다. '센리 세르시'는 '맥심' '깃초' 같은 고급 식당이 아니라 별거 없는 터미널 레스토랑이다. 그보다도 못한 '쓰케멘다이오'에서 라멘을 얻어먹으면서도 이토 씨는 미나미와 함께 있는 게 진정으로 기뻤을까. 만약 그랬다면 저렴한 포장 전문점의 김초밥조차도 이토 씨에게는 '맥심' '깃초'에 못지않은 사치로 여겨졌을지 모른다. 이런 걸 가련한 여심이라고 할지 모르지만, 캐딜락과 '쓰케멘다이오'라니 이건 "수지가 안 맞아!" 하고 소리치는 노처녀를 앞으로 우리는 양성해야 한다. 미나미는 캐딜락을 굴렸다.

* 일본의 중화요리 체인점.

이토 씨로서는 그 대가로 여러 가지 즐거운 꿈을 꿀 수 있었으니 수지가 안 맞는 것도 아니라고 생각할 수 있다. 그러나 이토 씨의 경우가 우리 여성들에게 일반적인 교훈이 되려면 다음과 같이 처신해야겠다. 우선 남자를 최대한 즐기되 돈은 주지 않는다. 또 남자에게 식사를 사게 할 때는 '레스토랑→드라이브인→쓰케멘다이오' 순서보다 그 반대가 될 수 있게 해야겠다. 그리고 또 이토 씨에게는 고민을 나눌 상대가 없었다. 그 전철을 밟지 않게 여자끼리 결속을 굳건히 하여 정보와 조언을 교환해야겠다. 앞으로 여자 미나미는 만들어도 좋지만 제2의 이토 모토코는 만들지 말자.

가모카 아저씨는

"하지만 여자가 그렇게 영악하게 굴면 남자는 모두 가타키리 기장*이 되고 말아요."

이게 무슨 말이야.

"그 사람은 사고 전날 밤, 아내가 아니라 어머니에게 하카타 도큐 호텔에서 전화했다지요. 뭐라고 했냐고요? '어머니, 난 지쳤어요.'"

---

* 1982년 하네다 공항 앞바다에 추락한 일본항공 후쿠오카발 도쿄행 350편의 기장. 그는 정신질환을 앓고 있었다.

○

안 좋아

요즘 내가 '안 좋아……' 하고 생각한 것 두세 가지.

그 하나는 "일본인의 지능 지수는 유럽인과 미국인보다 위"라는 신문 기사다. 영국의 대학교수 리처드 린 박사가 과학지 《네이처》에 발표한 논문이라는데, 일본인 전체의 77퍼센트는 미국인이나 유럽인의 평균 지능 지수보다 높다고 한다. 미국이나 유럽에서는 지능 지수가 130 이상인 사람이 2퍼센트 정도밖에 안 되는데, 일본인은 약 10퍼센트에 이른다고.

외국에 사는 일본인 아이들은 현지 학교 성적이 우수하다는 얘기도 자주 듣는다.

미국이나 유럽에서 장사하는 일본인은 현지인을 쓰면서

"아, 질렸어. 머리 나쁘고 게으르고 어떻게 해볼 도리가 없네. 일본의 젊은 애들도 형편없는 녀석이 많지만 그래도 여기 녀석들에 비하면 머리가 좋아요. 이 녀석들은 잘게 씹어서 입에 넣어 줘도 못 알아들어."

하고 투덜대곤 한다. 이런 말이 나오는 데에는 여러 원인이 있을 테지만 '유럽, 미국이라 해서 그렇게 잘난 녀석들만 있는 건 아닌 모양이다. 일본인 쪽이 훨씬 머리가 좋은 게 아닐까' 하고 일본인이 생각하기 시작한 것도 그중 하나일 것이다. 그런 마음이 서서히 생겨나는 찰나에 "일본인의 지능 지수 평균치는 미국인의 그것을 상회한다"는 연구 발표가 나온 것이다. 그러니 '이것 봐, 역시' 하고 빙긋 웃는 일본인이 적지 않을 것이다. 이런 것을 보면 나는 제2차 세계대전 직전의 신문 기사들이 떠올라 마음이 편치 않다.

제2차 세계대전 직전에 이런 유의 기사가 많이 나왔다. 일본인의 검은 눈은 미국인이나 유럽인의 파랑, 회색, 금빛 띤 갈색 눈보다 자외선에 강하다, 젓가락으로 식사하는 습관은 서양인보다 야무진 손끝을 낳았다, 서양인의 엄청 호리호리한 몸보다는 다다미에 무릎과 고관절을 꺾고 앉는 일본인 쪽이 탄력이 좋아서 훨씬 튼튼하다 등등. 그런 말을 얼마나 많이 들었는지 모른다. 그리고 일본인은 그런 말을 믿었다.(그런데 어땠는가. 서양인도 꽤 손끝이 야무지다는 것이 드러났고, 전쟁 후 유도 시합에서는 허리와 다리 탄력이 좋은 일본인을 서양인이 붕붕 내던지지 않았나.)

그러니 아서라. 일본인 우위론을 보고 '이것 봐, 역시' 하며 씨익 웃고 좋아만 할 게 아니다. 일본인을 칭찬해 주니 기분은 좋지만, 그런 칭찬의 뒷맛이 개운하지 않았던 기억이 있기 때문이다. 당시 신문에 그런 기사가 자주 나는가 싶더니 느닷없이 전쟁을 시작한다, 군대를 조직하고 군비를 강화한다는 소동이 벌어졌다. 이런 일을 꾀하는 놈들은 우선 국민의 사기와 민족의식을 높이고, '그것봐⋯⋯' 하는 우월감을 심어 주고, 그러고 나서 마각을 드러낸다. 그런 기억 때문에 기분이 안 좋은 것이다.

그 두 번째는 다섯 쌍둥이가 나왔다느니, 아이를 열 몇 명 낳은 어머니가 있다느니 하며 언론에서 호들갑스럽게 보도하는 것. 이것도 옛날 전시 중에 '낳아라, 번식하라' 하던 구호를 떠올리게 해서 '안 좋다⋯⋯'.

모두 옛날 신문 기사와 겹친다.

전쟁 중에는 아이를 많이 낳으면 '국가의 간성干城을 늘렸다' 해서 포상으로 수당이 나왔다. 지금은 수당 대신 언론이 쫓아온다.

신문에 나는 것까지는 좋지만 자칫 '전쟁을 하고 싶어 하는 사람들'에게 악용당하는 거 아닌가 걱정된다.

전쟁 중에 아직 소녀였던 나는 신문에 당당하게 '낳아라, 번식

하라'는 표어가 실린 것을 보고 남모르게 얼굴이 빨개졌던 기억이
난다. 아무리 열네다섯 소녀라도 그것이 닭에게 달걀을 많이 낳게
하라는 뜻이 아니라는 것쯤은 알았다. 라디오에서도 큰 소리로 떠
든다.

"국가의 '낳아라, 번식하라' 정책에 따라, 어느어느 현 어느어느
촌 몇 번지의 누구누구 씨 아내 누구누구 씨는 이번에 열여섯 번
째 남자아이를 낳았습니다. 모자 모두 건강합니다. 촌장 누구누구
씨는 '참으로 경사스러운 일입니다, 이것도 애국봉공의 길이며 마
을의 명예입니다'라고 말했습니다……."

이런 방송을 들으면 소녀들은 얼굴이 발그레해져서 눈을 어디
에 둬야 좋을지 몰랐다. 군국시대는 낭만도 뭣도 없는 파렴치 자
체뿐이었다. 오늘날 아이를 많이 만드시는 것은 각자의 자유지만,
그것을 놓고 매스컴이 너무 호들갑 떤다면 누군가 그것을 악용하
려는 게 아닌지 생각해 봐야 한다.

하긴 유쾌한 뉴스도 있다. 열 몇 명의 아이를 낳은 어떤 어머니
가 파친코를 너무나 좋아해서 하루 네다섯 시간은 파친코를 한다
고. 큰아이들에게 우글우글하는 동생들을 돌보게 하는 바람에 그
아이들이 학교를 장기 결석 중이라고 하니, 이건 호걸 엄마다.

밤에는 아이 만드는 데 힘쓰고 낮에는 파친코를 하러 간다. 카,
우리 여권론자로 하여금 쾌감을 느끼게 하는 풍경이다. 파친코에

빠져서 아이가 없어진 것을 알아차리지 못한 어머니보다는 스케일이 크다.

○

노처녀 재판

산와은행 사기 사건의 논고 구형 공판이 얼마 전에 있었다. 그
사건을 다룬 신문 기사는 마치 한 편의 단편소설처럼 재미있었
다.(《아사히신문》1982년 6월 16일 자)

"이토 모토코, 이 여자 대단해. 정말 흥미로워."

하고 가모카 아저씨는 말하는데, 여하튼 범행 무대인 이바라키
가 바로 이 이타미 근처이고 나는 산와은행 이타미 지점을 이용하
고 있으니까, 하마터면 이쪽 지점에서 사건이 일어났을 수도 있다
고 생각하니 더 흥미진진하다.

하지만 이토 씨가 서른셋의 노처녀라니까 호기심에 찬 눈들이
단지 그 이유만으로 이 사건을 색안경 끼고 볼 거라는 점이 화가

난다.

노처녀가 모두 이토 씨같이 얼빠진 짓을 하는 건 아니다!

똘똘한 노처녀도 있다!

"똘똘해서 공금횡령을 교묘하게 잘한다고요?"

아저씨는 깜짝 놀란다. 그런 얘기가 아니고

"그런 나쁜 짓 하지 않고 깨끗하게 살고, 독신으로서 이 세상의 봄을 구가하는 노처녀도 있다는 얘기예요. 결혼하지 않고 독신으로 멋지게 사는 여성들이 있다고요. 그 점에 대해 자세히 알고 싶으면 제가 최근에 쓴 《딸기를 으깨며》라는 장편소설을 읽어 보세요. 고단사에서 냈는데, 그걸 읽어 보면 현대 최고 최신의 삶은 독신으로 사는 여자들에게서 찾을 수 있다는 것을 알 수 있을 거예요."

아, 그만 다른 출판사 PR을 해 버렸다.* 미안해요.

여하튼 범행 동기를 노처녀라는 것으로 채색해 버리면, 세상의 몇 십 만 독신 여성이 살기 힘들어지지 않겠는가. 따라서 나는 이 사건에 관심이 크다. 검사의 논고에도 "한편 이토 모토코도 혼기를 놓친 채 연로한 부모와 사는 평범한 생활에 싫증이 났다. 미나미의 말을 듣고 마닐라에서 두 사람만의 새 생활을 시작하려고 범

* 《하기 힘든 아내》는 분게이슌주(文藝春秋)라는 출판사에서 나왔기 때문에 하는 소리다.

행을 결의했다"는 것으로 정리됐다고. '혼기를 놓친 채'라는 데서 검사 자신의 여성관, 결혼관, 노처녀관이 엿보이지 않는가. 이런 진부한 노처녀관이 만연하기 때문에 노처녀로 살기 힘든 것이다. 노처녀여서 사건을 일으킨 게 아니라, 단지 여자이기에 이렇게 됐다고 해야 한다.

공판정에서 미나미와 이토 모토코 씨는 격렬하게 서로 따졌던 모양이다. 이토 씨는

"제가 똑똑했다면 이런 범죄는 일어나지 않았을 것입니다. 모든 것에 책임을 통감합니다. 죄를 가볍게 해 달라고 할 생각은 추호도 없습니다."(《아사히신문》)

"막판에 와서 간사이 여자의 여간 아닌 면모를 보였다."(《아사히신문》)

이에 변호사가 당황하여 "'정당한 판결을 바란다는 것이지요' 하고 이토 씨의 발언을 정정했다."(《마이니치신문》 1982년 6월 16일자)

그에 비해 미나미는

"죄를 덮어쓸 심정으로, 이토 씨의 진술을 듣고 있자니 제가 너무 초라해져서…… 제 나름의 진실을 알아줬으면 한다"고 하며, 이토 씨의 진술은 사실과 다르다고 우는 소리. 더군다나 이토 씨가 직장 상사를 무능하다며 험담했었다는 얘기까지 고자질해 댔다.

이토 씨의 변호사가 반대질문을 하여

"이토 씨가 도망가 있던 마닐라로 반년 동안 전화를 한 번밖에 안 한 이유는 뭔가요?"라고 묻자 "'국제전화를 자주 걸면 꼬리가 잡힐 것 같아서……' 거구의 미나미가 체구에 어울리지 않게 기어 들어가는 목소리로 나지막이 중얼거린다."《아사히신문》

"'제게 수사의 손이 뻗어 오는 것을 피해야 한다는 교활한 생각이 있었던 것은 사실입니다' 하고 눈을 내리깔았다."《아사히신문》

이토 씨는 미나미에게 900만 엔을 빌려주고 1엔도 돌려받지 않았다. 이것은 그녀 자신의 돈이고 훔친 게 아니니 진정 남자에게 갖다 바친 돈이다. '나쁜 벌레'라는 글에서 썼지만 노처녀가 남자에게 돈을 내줬다는 건 대단한 일이다. 유부녀가 남편이 준 돈을 절약하여 바람난 상대 젊은 남자에게 몰래 용돈 주는 것하고는 그 질의 자릿수가 다르다.

여자가 스스로 일해서 번 돈의 무게는 남자에게서 받아 쓰는 돈의 무게와는 비교가 안 되기 때문이다. 이토 씨가 그런 돈을 건네준 것은, 비록 그 액수는 공금을 횡령하여 건네준 돈에 크게 미치지 못하지만 어떤 의미에서는 더 큰 의미가 있다.

"단순한 재산 범죄가 아니라 현대사회에 빼놓을 수 없는 컴퓨터 시스템에 대한 신뢰를 일거에 무너뜨린 계획적이고 교묘한 범행이다. 범죄사의 한 페이지로 남을 행위이며 그 책임은 막중하다"

따위의 검사의 논고는 아무래도 상관없다. 나는 컴퓨터 시스템에 대한 신뢰를 무너뜨린 건 오히려 잘한 일이라고 생각한다. 컴퓨터도 믿을 만하지 않다는 것은 학자 선생님보다 서민 쪽이 감으로 더 잘 알고 있다. 컴퓨터고 뭐고 남자에게 자신이 피땀 흘려 일해서 번 돈을 빌려준 것, 난 그게 대단한 일이라고 생각한다. 미나미는 그 900만 엔에 대해 "이토 씨는 '빌려준 돈을 돌려받을 생각이 없다'고 했습니다……"라고 증언했지만, 바로 거기에 흥미로운 지점이 있다. 여자가 남자에게 돈을 빌려주고 "돌려받을 생각이 없다"고 말한 게 어찌 진심이겠는가.

만약 이토 씨가 노처녀인 걸 문제 삼으려면 '혼기의 초조함'이 아니라 바로 이 '빌려준 돈을 돌려받지 못하는 초조함'에 초점을 맞춰 주기 바란다. 여자는 아무리 사랑하는 사람에게라도 돈을 빌려주면 결코 그 생각을 머리에서 떨치지 못한다. 미나미라는 인간은 여성 심리에 이처럼 둔한 걸로 미루어 보아 실은 바람둥이 자격도 없는 멍청한 사내일 뿐이다.

가모카 아저씨는 내 얘기에 별로 흥미가 없는 듯.

○

집단 출가

세상 싫어지네요, 하고 나잇살깨나 먹은 아저씨들이 모여서 뭣 때문에 한탄하고 있나 했더니…….

　IBM 산업 스파이 사건* 얘기도 아니고, 도호쿠 신칸센의 적자 얘기도 아니고, 우익의 일본교원노동조합 습격 얘기도 아니다.

　세상 여자들의 낯 두꺼움, 특히 중년 아줌마들의 낯 두꺼움을 놓고 말 그대로 부들부들 떨고 있었다.

　"요즘 파티에 여자가 참석하는 일이 많아졌지요."

　그중 한 아저씨가 우선 말한다.

---

* 1982년 히다치 제작소와 미쓰비시 전기의 사원 등 6명이 미국 IBM의 기밀 정보를 빼내기 위한 스파이 행위를 했다 하여 체포된 사건.

"네, 문명개화라고 하나요, 좋은 것 같아요. 옛날에는 파티라고 하면 쥐색 양복 일색에 여자라곤 화려하게 차려입은 호스티스 아가씨들뿐이었지요. 그런데 요즘은 부인 영애 동반이라 배색도 좋으니 참 세상 좋아졌어요. 파티는 자고로 이래야 하는 거 아닌가요. 파티야말로 문화의 근원, 남녀평등의 근본."

내가 흰소리를 해대자,

"아니, 그게 너무 지나쳐서 요즘은 아줌마들이 아이까지 데리고 온다고요. 파티에 아이가 뭐예요, 아이가."

아저씨는 눈썹을 찌푸린다. 설마 파티에 어린아이를 데려오는 사람이 있을까 싶어서 초대장에도 굳이 아이를 데려오지 말라는 이야기는 쓰지 않는다. 그러면 중년 아줌마는 '데려오면 안 된다고 하지 않았으니 데려가도 되겠지' 단정하고 양손에 아이 손을 잡고 데려오는 것이다.

화려한 호텔의 대연회장.

"아이도 어릴 때부터 이런 데를 봐 둬야 국제인이 될 수 있어요" 하고 아줌마는 말하고, 아이에게 정장을 입혀서 의기양양 파티장에 나간다. 파티장 입구 접수대에서는 차마 꼬맹이에게 1인분 회비를 못 받으니 아줌마는 자기 회비만 낸다. 연회장에 들어가자마자 아줌마는 먹을거리로 돌진하여 "누구누구야, 먹을래?" "누구누구야, 이것 먹으럼" 한다. 조금 큰 아이는 엄마가 집어 주지 않아도 직접 먹을거리를 뒤지고 다닌다.

"그게 실은 절도이며 타인에게 민폐 끼치는 행위라는 걸 몰라? 아줌마는 이제 싫어!"

또 다른 아저씨는

"나쁜 짓을 해 놓고도 그냥 웃으면 되는 줄 알아. 웃는 얼굴도 그럴 때는 역겹지. 요전번에 우리 아들이 동급생에게 맞아서 이가 부러졌는데, 그 엄마는 사과하러 오기는커녕 길거리에서 마주쳤을 때도 대충 웃고 넘어가려는 거야. 붙잡아서 화를 내도 실실 웃기만 해. 어찌나 화가 나던지."

"으음. 그런 웃음은 영 감당이 안 되지요."

하는 것은 가모카 아저씨.

"전철 비좁은 자리에 엉덩이를 밀어 넣으며 요령부득의 뻔뻔한 웃음을 흘리는 아줌마. 철면피의 웃음, 후안무치의 웃음. 요전번에 연극을 보러 갔어요. 그런데 무대에서 배우가 수건을 던졌어요. 그런데 글쎄 그게 운 좋게도 내 발밑에 떨어졌지 뭐야."

가모카 아저씨는 생각에 잠긴 듯 말한다.

"굼뜨기로 유명한 나도 이게 웬일이냐 하고 바로 고개 숙여 집었어요."

"잘됐네."

"그런데 그걸 옆에서 누가 홱 가로채는 거예요. 아줌마였어요."

"옆 사람이요? 그건 어쩔 수 없잖아요. 빠른 사람 차지니까."

"옆이라면 용서하겠는데, 내 옆 자리는 비어 있었고, 그 옆은 통로였으며, 그 옆에 다시 빈자리가 두셋 있었다고. 말하자면 그 아줌마는 태평양 건너편에 있는 거나 마찬가지인 거리에서 몸을 던져 통로를 가로질러, 더구나 다른 사람이 이미 손댄 것을 홱 빼앗은 겁니다. 그건 도둑이나 산적의 소행과 다를 바 없어요. 내 손 안에 있는 것을 억지로 잡아 빼앗고는 '죄송합니다' 하는 게 아니라 그냥 실실 웃어. 그 웃음의 야비함이라니. 절대 용서 못해요!"

"야비한 걸로 치면" 하고 또 다른 신사는

"농원을 임대했는데요, 옆 농원과의 사이에 변변찮은 경계표지로 말뚝이 서 있어요. 그 말뚝 울타리를 역시 농원을 임대해서 사는 옆집 중년 여자가 조금씩 조금씩 이쪽으로 옮기면서 밀고 들어오는 거예요. 그 곱슬머리 땅딸막한 아줌마, 정말 염치라는 게 없더라고요. 그 머리만 봐도 화가 치밀어. 생각해 보니 그 여자도 내 얼굴을 보고 실실 웃었어요."

이게 어떻게 된 일인지 어디를 봐도 아줌마 증오 대합창이다.

역시 중년 아줌마 반열에 든 나는 하늘 아래 몸 둘 곳 없다는 느낌이 든다.

그런데 뭐야. 설마 그 곱슬머리 땅딸막한 아줌마라는 게 나를 가리키는 건 아니겠지요. 난 농원 같은 거 안 빌렸어요. 어쨌든 아줌마가 그렇게 보기 싫은데 집 안에 다들 하나씩 달고 사느라 힘들겠어요.

한 아저씨는 "집단 출가라도 해야지, 어쩔 수 없어" 한다.

"나는 이미 출가했어요, 벌써 전에."

가모카 아저씨는 그렇게 말하고 빙긋이 웃는다. 아니, 머리도 안 깎은 사람이 출가는 무슨 출가?

"모르시는 소리. 하기 싫은 일을 하지 않는 것, 그게 출가랍니다. 그래서 나는 아줌마가 곁에 오면 될수록 멀리 떨어져 있으려고 합니다."

○

밤의 술집
이야기

교외의 번화한 거리에 있는 술집은 연휴만 되면 난리다. 아이들로
난리다.

예전에는 아이들이 엄마, 아빠를 따라 패밀리 레스토랑이나 백
화점 식당, 우동집이나 국철역의 일본풍 식당 같은 곳에 갔다. 또
는 엄마를 따라가 포장 전문 초밥집에서 둥근 대자 케이스에 든
'파티 초밥'을 사든가 맥도날드에서 햄버거, 켄터키 프라이드 치
킨 같은 데서 바스켓에 수북이 담긴 치킨을 사 들고 신나 하든가.

그런데 요즘은 아이들이 아무렇지도 않게 부모와 함께 술집에
들어온다. 부모와 함께 들어오는 것만이 아니다. 어떤 때는 술집
문을 열고 "아빠~" 큰 소리로 외치며 혼자 아무렇지도 않게 술집

안으로 들어오기도 한다.

요전번에 술집에 혼자 앉아 있었다. 어떤 사람이 마작 정도는 할 줄 알아야 한다며 《마작 입문》이라는 책을 권하여 나도 이참에 배워 시간을 보내 보자 했지만, 내가 그런 걸 실제로 해 볼 기회는 별로 없는 것 같았다. 그러니 노름도 내기도 하지 않는 나는 달리 시간 보낼 방법이 없어서 술이나 마시러 가는 수밖에.

그런데 그 술집에 큰 소리로 "아빠~" 하고 부르며 아이 셋이 들어왔다. 초등 3학년쯤 되는 남자아이와 대여섯 살, 두세 살쯤 된 여자아이 둘. 각자 그림책이나 조립식 완구 상자를 안고 있다. 그 아이들 뒤로 "여보, 아직 있어요?" 하며 곱슬곱슬 파마를 한, 아내로 보이는 여성이 따라 들어왔다. 짐작컨대 아빠는 혼자 먼저 술집으로 오고 엄마는 아이들과 함께 식당에 가서 밥을 먹고 온 모양인데, "자, 앉아라" 하고 서른여덟이나 아홉쯤 된 그 아빠가 말하고, 아이들은 한 명씩 의자에 기어오르고, 한쪽 끝에는 곱슬머리 아내가 앉으니 그들만으로 작은 술집의 절반이 꽉 차는 것이다. 술집에 아이가 먹을 게 뭐가 있겠냐만, "뭐 좀 먹을래?" 하고 아빠가 묻자 "난 가마보코" "난 주먹밥" 시끄럽기가 그지없다. 아빠는 멀찍이 앉은 곱슬머리 아내에게 도쿠리를 흔들어 보이며 "어이, 어때?" 하고, 아내는 "좋아요. 나도 한 잔. 마 샐러드랑 같이" 한다.

그러는 사이에 초등 3학년과 대여섯 살이 조립식 완구 상자를 열어 가지가지 내용물을 꺼내는데…… 그건 집에서 해라, 집에서!

막내딸은 곱슬머리 아내에게 "엄마, 책 읽어 줘."

내가 어렸을 때는 어른이 술 마시는 장소는 마치 외국인만 출입할 수 있는 조계나 다름없었다. 아버지가 거기에 있다는 것을 알아도 감히 들여다볼 엄두를 못 냈다.

괴이함으로 가득 찬 술집 안에는 아이는 맡아 본 적 없는 냄새가 떠돌았고, 늘어앉은 아저씨들은 볕에 타서인지 술에 취해서인지 얼굴이 불콰하고 행동거지는 거칠었다. 붉은 초롱이 내걸린 골목이나 선술집이 늘어선 요코초*에는, 그래서 아이는 발을 들여놓을 일이 없었다.

그런데 요즘은 아무렇지도 않게 "아빠~"하고 들어와서 나무의자에 기어올라 주먹밥을 받아먹어 가며 조립식 완구를 서로 차지하겠다고 싸운다. 아이도 술집 무서운 줄 모르고 부모 또한 술집 무서운 줄 모른다.

그 술집만 그런가 했더니 그다음 주 일요일에 고료리야小料理屋**에 갔는데 삼십대 정도의 안경녀가 아이 둘을 데리고 앉아 있었다. 초등 5, 6학년쯤으로 보이는 여자아이와 3, 4학년쯤으로 보이

---

* 도쿄 우에노에 식료품점, 잡화점 등이 집중되어 있는 상점가 아메야요코초를 말한다.
** 간단한 요리와 술을 파는 가게. 일반적으로 카운터에 미리 만들어 놓은 요리를 큰 접시에 담아 올려놓는다.

는 남자아이를 카운터 앞에 앉히고, 자신은 도쿠리를 서너 병 늘어놓고 도빈무시土瓶蒸し*를 안주로 하여 마시고 있다. 아이들 앞에는 지저분하게 흘리며 먹은 접시와 나무젓가락이 있다. 여자아이는 《주간 마가렛》을 읽고 있고, 남자아이는 수시로 밖을 들락거린다. 엄마한테 돈을 받아서는 드르륵 술집 문을 열고 나가는 게 뭔가를 사러 가는 모양이다. 잠시 후 다시 드르륵 문을 열고 들어오더니 카운터 앞에 앉아서 사 가지고 온 초코볼인지 비스킷인지를 먹으며 다리를 떤다.

　나는 아이들이 신경 쓰여 술을 마실 수가 없다. 저녁 여덟 시에 아이는 집에 있어야 하는 법이다! 그 삼십대 안경녀가 도쿠리의 마지막 술 한 방울을 잔에 따르는 것을 보고 '이제 집에 가나 보다' 하고 마음이 놓여 차분하게 술 마시자고 마음을 가다듬는데, 그녀가 여유 있게 침착한 목소리로 "한 병 더 주세요, 따뜻하게 해서" 하는 것이다. 게다가 이건 또 뭔가. 주인장인지 요리사인지가 삼십대 안경녀 앞에 도미찜이 담긴 큰 접시를 놓고는 "오래 기다리셨습니다!" 하는 것이다. 삼십대 안경녀는 아이들을 불러 모아 "자, 어서 먹자" 하더니 세 가족이 함께 큰 접시의 생선에 달라붙는다. 나는 충격을 받아 술이 목으로 넘어가지 않아 결국 터덜터

* 송이버섯, 생선, 닭, 야채 등을 질주전자에 넣고 맑은 장국을 가미해서 찌거나 끓이는 요리.

덜 술집을 나왔다.

왜 아이들이 밤의 술집에까지 와서 날뛰는 것이냐. 무서운 게 없는 곱슬머리 아내, 삼십대 안경녀…… 아니, 어느 여자든 술집에 많이 왔으면 하지만 아이는 두고 왔으면 좋겠다. 아이천국 일본, 정말 싫다!

"무슨 소릴. 그런 아비규환 속에서도 차분하게 안 보고 안 듣고 마실 수 있어야 술깨나 마신다는 소리를 들을 수 있는 겁니다. 어차피 세상은 갈수록 더 그렇게 되어 갈 테니 지금부터 수행하세요. 그렇지 않으면 시대에 뒤떨어집니다."

가모카 아저씨의 변.

○

파도타기 대중

이곳 오사카 사람들도 여기저기 술집에서 미쓰코시 얘기*로 시간 가는 줄 모른다. 특별히 미쓰코시와 관계없는 사람도 "마치 한 편의 경제소설을 읽은 거 같았어" 하고 주거니 받거니 한다. 오카다 전 사장의 퇴진극 1막. 믿었던 부하가 배신한 순간 오카다 씨는 한동안 입을 열지 못하다가 그저 한마디 "왜냐?" 했다고 하여, 오사카 참새들 사이에서 "왜냐?!"라는 말이 한때 유행했다.

그리고 또 꼬치구이집, 오뎅집, 구시카쓰**집 등에서 오사카 서

---

* 1972년부터 1982년까지 십 년간 미쓰코시 그룹 사장으로 군림한 오카다 시게루를 부정 비리 등의 이유로 퇴진시킨 사건.
** 돼지고기와 채소 등을 꼬치에 꽂아 기름에 튀겨 낸 음식.

민 대중의 관심사를 들어 보면, "전 사장파의 부하는 좌천당하고 면직당하고…… 에휴, 뒤집힌 새끼 거북들도 참 힘들지, 샐러리맨도 고생이야" 하는 동정론이 대세다.

미쓰코시 백화점에 쇼핑하러 간 적이 전혀 없었을 것 같은 한 아저씨가 아카초친赤提灯*의 아가씨에게 "혹시 이 가게에 미쓰코시에서 오사카로 좌천된 사람이 들르면 따뜻하게 대해 주라고" 부탁했다 하니, 그것도 참 별일이다.

신문에 매일매일 미쓰코시가 가짜를 팔았다는 호들갑스런 기사가 나는 것을 읽다 보면, 세상 사람들이 오카다 씨와 다케히사 씨는 나쁜 년놈이라고 생각을 조금씩 굳혀 가는 게 눈에 선하다. 세간의 여론, 대중의 기분이 마치 파도가 점차 높아지는 것처럼 그렇게 보인다는 이야기다. 무엇보다 이런 건 아이돌이나 인기 연예인에 대해서도 그렇다. 사람이 아닌 어떤 물건이 유행을 탈 때도 같은 이야기를 할 수 있다. 나 또한 혼자서 이런 게 필요해, 이런 게 좋구나 하고 생각했는데 그것이 서서히 유행을 타기 시작하면 나 자신이 어김없는 대중의 일원이라고 느끼게 된다.

내가 속으로 보라색이 좋구나 생각하면 보라색이 유행하기 시작한다. 하얀 가구가 좋구나 생각하면 하얀 가구가 유행한다. 프

* 저렴한 요금으로 술을 마실 수 있는 대폿집. '아카초친'은 붉은 초롱을 뜻하는데, 대개 이런 대폿집 문 앞에 붉은 초롱이 걸려 있다.

린트 무늬로 빙그르르 감싼 이불 커버가 좋구나 생각하면 또 그게 유행한다. 옷이나 구두 등 대부분이 그렇다. 아마도 이건 기업의 선전 광고가 능수능란해서 대중이 자기도 모르는 사이에 그걸 좋아하게 돼 그렇게 느끼는 것이리라.

그런 면을 다 고려한다고 해도 대중이란 역시 신기하다. 우습게 봐서는 안 된다. 대중은 바보 같은 면도 있으니 실로 다루기 쉬운 듯하면서도 무서운, 종잡을 수 없는 존재다.

대중이라고 하면 나는 무엇보다도 먼저 파도타기 하는 장면이 떠오른다. 올여름 나는 가마쿠라에 가서 파도타기 하는 사람들을 유심히 살펴보고 왔는데, 그 사람들이 파도 꼭대기에 높이 올라탈 수 있는 건 자신이 힘을 써서가 아니라 파도에 밀려 올라가기 때문이다. 나는 그 파도가 바로 대중이라고 생각한다.

대중은 뭔가를 힘을 합해 '얏' 하고 밀고 들어 올리는 것을 좋아하는 것 같다. 뭐가 좀 인기 있다 싶으면 '얏' 하고 달려들어서 더 높이 들어 올린다.

그러는 사이에 아직 들어 올리는 데 가담하지 않던 대중도 주위를 둘러보고 '세상 물정에 뒤처지면 안 돼' 하고 마음이 조급해져 숨이 턱에 차도록 달려가 똑같이 손을 내밀어 들어 올린다.

대중 가운데는 나처럼 '나는 오래전부터 이게 좋다고 마음속으로 생각하고 있었어. 내가 좋다고 생각하는 건 꼭 유행한다니까'

하고 생각하며 남몰래 우쭐하는 사람도 있을 것이다.

파도는 일단 밀려오기 시작하면 계속해서 저변을 넓히며 더 두 텁고 더 높게 밀려 올라간다. 그래서 유행하는 물건, 사람도 그것을 타고 더욱더 높이 밀려 올라간다. 그러면 그럴수록 유행하는 물건, 사람은 더 많은 대중들에게 인기를 얻는다.

마지막에는 모든 대중이 그 유행을 사랑하게 된다. 유행하는 물건, 사람이 대중을 무시하는 모습을 보여도 아랑곳하지 않고 좋아한다. 그 물건, 사람이 무엇을 해도 좋은 쪽으로 해석한다. 자신을 무시하는 행위조차도 멋있다고 해석하여 '앗' 하고 함성을 지른다.

평론가들도 앞다투어 논평한다. 평론가도 대중이다. 그러다가 조금씩 다르게 평론하는 사람이 나와서 유행하는 물건, 사람에 대해 다른 견해를 말하기 시작한다. 다른 견해를 보이는 것도 대중의 한 명이다.

그때도 유행하는 물건, 사람은 계속해서 파도 꼭대기에 있으면서 자신이 꼭대기에 있는 게 자신의 힘으로 그렇게 된 것이라고 생각하기 시작한다. 그러면서 점차 대중을 깔보게 된다.

이럴 때 대중은 하느님처럼 명민해져서 그 변화를 금세 눈치채고는 '지금 뭐라고 했어, 너' 하며 유행하는 물건, 사람을 손바닥 뒤집듯이 밀쳐 낸다. '뭐야, 이놈은'이라는 생각이 들기 시작하면, 대중은 마치 우르르 썰물 빠져나가가듯이 파도의 방향을 바꾼다.

그러면 대중의 한 사람인 촐랑이가 어제까지 칭찬했던 유행하는 물건, 사람을 향해 돌을 던진다. 유행하는 물건, 사람이 전과 똑같은 행동과 말을 하는데도 이제는 그에 대해 환호하는 게 아니라 돌을 던진다. 그래서 유행하던 물건, 사람은 똑같은 것을 했는데도 뭇매를 맞는다. 파도타기 판이 뒤집어지고 유행하는 물건, 사람은 아직 사태도 다 파악하지 못한 채 눈을 끔뻑거리며 '뭐냐?!' 하는 것이다. 대중은 바보 같기도 하고 똑똑하기도 한 존재다.

　그러나 "혹시 이 가게에 좌천된 사람이 들르면 따뜻하게 대해 주라고" 하는 것 또한 대중이다.

○

현대 여자
귀차니스트

요전번에 쇼노 에이지庄野英二* 씨와 잡담을 나누다가 "요즘은 남자도 밥하고 설거지할 줄 알아야 한다잖아요. 옛날 남자는 못 써요. 아무것도 못해" 하는 얘기까지 왔다.

쇼노 씨는 며칠 동안 산속 별장에서 홀로 지내셨다. 세 번의 식사가 우선 문제다. 설거지하기가 귀찮아 빵을 사 와서 먹기로 했다. 하지만 빵을 먹으면 테이블에 빵 부스러기가 떨어진다.

그러면 떨어진 부스러기를 행주로 닦아야 하는데, 그러면 이번에는 행주를 빨아야 한다. 그게 귀찮아서 쇼노 씨는 생각 끝에 신

---

* 일본의 아동문학가.

문지를 깔고 먹기로 하셨다. 이거라면 식사를 마치고 신문지째로 구깃구깃하여 버릴 수 있다.

"혼자서 애썼어요."

우스갯소리가 아니다. 요즘 자기 일 가진 많은 여자가 대충 이렇다.

옛날에는 혼자 살아도 여자는 여자인지라 식탁에 테이블보를 깔고, 젓가락 받침을 놓고, 비록 시장에서 사 온 반찬이지만 접시에 옮겨 담고 나서야 1인용 밥통에서 밥을 퍼다 먹었다. 내가 아는 어떤 여의사는 바쁜 와중에도 생선회 찍어 먹을 간장은 종지에 따로 담고, 국그릇에도 뚜껑을 덮어 놓고 "자" 하고는 방석을 깔고 앉아 깔끔하게 젓가락을 쥐었다. 우연히 식사 자리에 동참하게 되었던 나는 "당신은 혼자서도 늘 이렇게 먹어요?" 했더니, "이렇게 안 하면 먹는 게 나도 모르게 지저분해져요. 그러면 다른 사람 앞에서도 그 버릇이 나오거든요"라고 그녀는 말했다.

이런 여자도 있지만, 아예 남자 저리 가라 막 나가는 여자도 있다.

밥 먹은 다음 설거지하는 게 귀찮아서 사 온 반찬을 그릇에 옮겨 담지 않는다. 그냥 가게에서 담아 준 용기에 소스를 잔뜩 뿌려 먹든가 생선회 같은 건 요즘 종이접시에 싸서 주니까 그 위에 그대로 간장을 잔뜩 부은 다음 종이컵과 나무젓가락을 사용하여 먹는다. 천타월도 빼는 게 귀찮으니까 종이타월만 쓴다.

프라이팬에 밥을 볶았을 때도 접시에 담아 먹으면 나중에 또 씻어야 하니까 주걱이 됐든 뒤집개가 됐든 아무거나 써서 프라이팬에서 입으로 바로 나른다.

숟가락이나 젓가락이 아니므로 입을 크게 벌리고 덥석 먹는다. 바지런한 여의사가 "먹는 게 지저분해져서"라고 한 것은 이런 행태를 두고 한 말일 것이다. 혼자서 먹다 보면 귀엽게 입을 오므리고 먹는 '여성스러운' 태는 사라진다. 우아하게 식사를 즐기는 것은 남의 일이다. 일이 바쁜 데다가 일하느라 배도 고프니 빨리 먹자 하여 입을 점점 더 크게 벌린다. 닭다리를 손으로 찢어서 입으로 처넣으니 마귀할멈이 따로 없다. 이러고 나면 더 이상 포크와 나이프는 쓸 수 없다.

손으로 먹으면 정말이지 맛있다. 그런 김에 밥도 인도풍으로 손으로 먹고 싶으나 나중에 손 씻는 것이 귀찮아서 빵을 먹는다.

고로케도 두 입 정도에 다 먹어 버린다. 젓가락으로 몇 번이나 집어 입으로 나르는 것이 귀찮기 때문이다.

생선은 가시가 많은 건 성가셔서 못 먹는다. 데리야키 소스를 발라 구운 방어나 장어같이 생선뼈를 발라내지 않아도 되는 걸 먹는다.

에키벤*이나 시내 도시락 전문점에서 도시락 사는 것도 귀찮을

* 철도역이나 기차 안에서 파는 도시락.

때는 밥을 잔뜩 해 놓고 통조림 반찬을 사다가 먹는다. 이때도 물론 통조림 속으로 젓가락을 쑤셔 넣는다.

청소하기 쉽도록 방에는 가구를 최소한만 놓는다.

봉제 인형이나 오르골, 수예품 같은 장식물은 놓지 않는다. 액자, 그림 종류도 먼지가 앉으면 털어 내야 해서 귀찮으니까 일체 사절이고 오직 달력 하나만 달랑 걸어 놓는다.

텔레비전이 있으면 신문의 텔레비전 프로그램을 일일이 살펴야 하는 게 귀찮다. 그래서 텔레비전도 아웃이다.

청소기는 소리만 크고 좁은 장소에서 쓰는 게 무척 거추장스러우니 너도 아웃이다.

종이타월을 물에 적셔 먼지를 닦고 쓰레기통에 버린다. 그리고 바람이 세게 부는 날 창문을 열어 놓고 '먼지가 날아가게' 한다. 바람을 최대한 이용하기 위해 이때 총채로 먼지를 턴다.

빨래도 될 수 있으면 안 하기 위해 종이팬티를 사서 입고 버리고, 옷은 코인세탁소에서 세탁할 수 있게 여름에도 겨울에도 면으로 된 것만 입는다. 화장은 어떠냐면, 여름에는 화장수 한 병, 겨울에는 그 위에 크림 하나 덧바르고 끝이다. 말로는 맨얼굴의 아름다움을 간판으로 삼는다고 하나 실은 화장하는 게 귀찮은 것뿐이다. 하물며 액세서리류는 여름에는 덥고 겨울에는 차갑고 하니 한층 더 귀찮다.

"그러면 남자도 귀찮겠습니다."

가모카 아저씨는 말한다.

"글쎄요, 현대의 여자 귀차니스트에게는 남자도 아이도 다 귀찮겠지요."

"그럼 부자가 되는 건요?"

"부자가 되는 것도 귀찮겠지요."

"그렇다면 사는 것도 귀찮아지지 않을까요?"

"그건 아니지요. 일이 있잖아요. 일 외의 것이 귀찮은 거랍니다."

"도대체 무슨 일을 한다고 그렇게까지 귀찮아할까."

아저씨는 기막혀하는데, 사실 지금까지 한 말은 일과 가정 두 가지를 모두 갖고 있는 여자의 몽상이다. 이렇게 한다면 얼마간은 몸이 편할 테지, 하고 여자들은 생각한다.

○

미국의 와카*

삶은 밤이 가장 맛있었다고 한다. 올가을 미국에서 온 이모는 "일본 밤은 맛있구나……" 했다.

이 이모는 여든셋으로 나의 어머니의 언니다. 전전戰前에 미국으로 건너가 결혼했다. 이모부는 전후戰後에 죽었고 자녀들은 이미 결혼하여 애 낳고 살고 있어서 손자들도 많다.

최근까지도 일본어학교 교장을 지냈고 그 외에도 교회, 일본인회 등에서 여러 일을 하며 바쁘게 산다. 그 이모가 이번에는 장녀에게 시골 고향을 보여 주겠다고 함께 일본을 방문하여 이 주 정

* 5·7·5·7·7의 31자로 된 일본 고유의 시. 주로 계절과 남녀간의 사랑을 노래한다.

도 머물다 갔다.

그 장녀는 나에게는 이종사촌이 되겠는데, 나보다 나이가 많고 아이들도 다 키웠다. 그녀들이 전후에 일본을 방문한 것은 두세 번 정도다.

둘은 나의 어머니와 함께 시골을 죽 돌아보고 성묘를 했다. 오래된 집안이라서 친척이 많고 묘도 많아서 돌아보는 것도 힘들다. 이종사촌 언니는 손가락으로 세어 보더니, 시골에서 사촌이라고 한 사람을 열네다섯 명이나 만났다고 했다.

이모는 다리가 약해지고 귀가 조금 어둡지만 눈도 밝고 이도 튼튼했다. 시골 밤이 맛있어서 열심히 삶아 먹으며 가을을 만끽했다고 했다.

이모는 샌프란시스코 교외의 작은 도시에 살면서도 일본의 텔레비전과 신문을 다 보고 있다. 일본 것은 뭐든 다 구할 수 있다고 한다.

"나는 〈미토코몬水戸黄門*〉이 좋더라. 빼놓지 않고 보고 있어. 접시꽃 무늬의 인롱**을 내놓는 부분이 좋아."

이모는 은회색 머리를 곱게 세팅하여 부풀리고, 속이 살짝 비치

---

* 도쿠가와 미쓰쿠니(德川光圀)의 다른 이름. 에도시대 초기 미토 번(藩)의 번주이며 여기서는 드라마 제목.
** 접시꽃 무늬는 도쿠가와 가문의 문장. 인롱은 도장, 약 등을 넣어 허리에 차는 작은 통.

는 검은 니트 드레스로 몸을 감싼 다음, 그 위에 큰 브로치를 단, 하이칼라풍의 할머니다. 이모 주변의 독실한 기독교 신자 부인들 중에 미우라 아야코三浦綾子* 씨 팬이 많다고 한다. 이모는 내가 믿음이 없어 하느님의 영광을 찬양하는 작품을 쓰지 못하는 게 아쉬운 모양이었다. 이모는 곧 죽어도《목욕 오래 하는 여자女の長風呂》** 같은 건 읽지 않을 여자다.

이모와 사촌 언니들은 자식이나 손주, 즉 일본계 2, 3세의 사진을 많이 가지고 왔다. 사진 속 딸들은 모두 오후리소데大振袖***를 입고 거문고를 타거나 일본 무용을 하고 있다.

거문고 연주자 인증서, 춤추는 사람으로서의 예명, 꽃꽂이, 다도, 민요…… 일본계 3, 4세 중 일본 전통 예능을 하나라도 안 배우는 사람은 별로 없는 모양이다.

"걔는 캐시야" 하고 이모가 말하는 아가씨는 '가가미지시鏡獅子'**** 분장을 제대로 하고 있다. 캐시는 대학에서 일본 문학을 전공하고 있어서 일본어로 얘기할 수 있지만, 오후리소데에 가슴 높이

---

* 일본의 소설가. 결핵 투병 중 세례를 받았고, 그 후 집필 활동에 전념해《빙점》을 비롯한 많은 작품을 썼다.
** 다나베 세이코가 잡지《슈칸분슌》에 칼럼을 연재할 당시의 칼럼명. 이 칼럼은 동명의 에세이집으로도 출간되었다.
*** 소매를 특히 길게 만든 예복용 기모노. 소매 길이가 115센티미터 정도로 복사뼈까지 내려온다.
**** 가부키 무용 중 하나.

오비帶*를 매고 거문고를 타고 있는 캐롤은 일본어를 못한다.

춤도 한 가지만 추는 게 아닌 것 같았다.

"그건 〈구단의 어머니九段の母〉**야."

놀랍군. 백발 가발을 쓰고 지팡이를 짚고 있는 캐시의 사진도 있다. 샤쿠하치尺八***를 불고 있는 건 윌리인가요? 아네스인가요? 지금 일본에서 샤쿠하치 배우러 다니는 남자아이가 과연 있을까. 일본의 전통 예능은 '샌머테이오San Mateo'로 옮겨 갔구나, 라고 말해도 좋을 지경이다.

이모는 표준어에 가까운 일본어를 큰 소리로 분명하게 말한다. 60년 전까지 썼던 오카야마 사투리에서는 완전히 벗어났는데, 영어를 말할 때는 오카야마 사투리 느낌이 난다. 장녀는 유창하게 영어를 구사하고 일본어는 천천히 말한다. 옛 하우스와이프, 또는 일본의 어머니라고 할 만한 얌전한 여자다. 옛날 여학교 다닐 때 어머니가 이런 모습으로 수업을 참관하러 왔었다. '옛날에는 말이지……' 할 만한 오래된 시절의 '일본' 냄새가 두 사람 주위를 감돌았다.

"이모, 돌아갈 땐 뭐 사 가지고 갈 거예요?"

---

* 여성용 기모노 허리 부분을 묶는 띠.
** 일본의 유명한 유행가로, 가사 중 늙은 어머니가 나온다.
*** 일본의 통소.

"당연히 기모노지. 여자아이에게 오후리소데, 나는 이로토메소데色留袖*가 필요해. 오비도 필요하고. 이래저래 기모노 입을 기회가 많아서 말이야."

영사가 뭐 한다, 일본인회가 뭐 한다 할 때마다 일본계 부인들은 기모노를 입는 모양이다. 기모노 입는 법을 가르치는 강좌도 있다. 젊은 아가씨들도 춤이나 거문고, 꽃꽂이, 다도를 하느라 기모노에 익숙한 만큼 "입을 기모노가 하나밖에 없어서야 어디" 한다. 일본에서는 성인식 때 만들어 입거나, 혹은 졸업식이나 사은회 때 한 번 입고는 끝인데 말이다.

나는 일본식 정원이 있는 전통 요릿집으로 이모와 친척을 모시고 갔다. 그러자 다른 좌석에 있던 기생들이 시마다마게島田髷**와 기모노를 길게 늘어뜨린 모습을 "미국에서 오신 어르신께 보여 드릴까요?" 하고 와 줬다.

"오오, 해피. 좋은 추억이 됐어요. 고운 모습 보여 줘서 땡큐!"

이모는 크게 기뻐하며 기생들의 아름다운 흰 손을 검버섯 핀 실팍한 손으로 잡았다. 그 손은 전쟁 중에 유타 주 토파스 수용소에서 살아남은 손이다.

"일본은 모두 좋은 생활을 하고 있구나. 좋은 옷차림을 하고 맛

---

* 바탕색이 검정색이 아닌 보통 소매 길이의 기모노.
** 주로 결혼 안 한 여성이나 결혼식 때 틀어 올리는 머리 모양.

있는 음식을 먹고. 그래도 아이들이 요즘의 험악한 풍조에는 물들지 않았으면 좋겠구나."

이모는 종이와 붓과 먹을 가져와 권하자, 그 즉시 붓을 들고 술술 썼다.

　나이 들어 마음먹고 찾아온 고향
　편안하기를 빌며 떠난다
　이 세상은 늘 변해도 변함없다
　하느님의 사랑만이 하루 종일 오늘도
　늙으면 더욱 그리운 고향
　소꿉동무의 이 산 저 산

야, 이거 참, 도저히 못 당하겠다. 우리는 모두 매직으로 자기 이름자 정도밖에 못 쓰는데. 이모는 힘은 약하지만 아름다운 가나仮名 문자*를 또박또박 쓴다.

이모는 생글생글 웃으며 건강하게 돌아갔다.

나는 어떤가 하면, 이모의 와카에 중독되어 일본의 전통문화에 소원해지기만 하는 자신을 새삼 반성하게 되었다.

* 한자를 바탕으로 일본어를 표기하기 위해 만들어진 문자.

다나베 세이코의 에세이, 어디가 좋은가

쓰치야 겐지

철학자·오차노미즈여자대학교 명예교수
《괴짜교수의 철학강의》《홍차를 주문하는 방법》

다나베 세이코 씨 에세이와의 만남은 충격이었다. 문학적 소양이 없는 내가 이렇게 재미있게 읽을 수 있는 에세이가 있다니. 나는 책이라고는 《다카시마 에키단高島易斷》*밖에 없는 집에서 자랐고, 초등학교 시절 작문이나 일기는 전부 부모님이 대신 써 줬으며, 대학에 들어가서 책은 좀 읽었지만 글이라고는 철학 논문과 러브레터 정도밖에 쓴 게 없었다. 그 러브레터도 열매를 맺지 못했으니 나의 문장력은 형편없었다고 해야 할 것이다.

그런 나조차도 충격적이라고 할 만큼 재미있게 읽은 에세이다.

---

* 일본의 주역 명인 다카시마 돈쇼의 저서.

그냥 재미만 있는 게 아니라 논리적으로 설득력이 있고, 더구나 핵심을 찌르는 표현이 좋다. 문장이 생경하고 표현이 애매한 일반 학자들의 논문보다 낫다.

다나베 씨의 에세이로 인해 나는 태어나 처음으로 글의 재미를 느꼈다. 내용이 같다면 표현이야 아무러면 어떠냐 생각했었는데, 큰 착각이었다. 하려는 말이 같더라도 어떻게 표현하느냐가 재미를 결정한다. 처음으로 표현력의 소중함을 통감한 나는 표현력을 익히려고 《화한랑영집和漢朗詠集》《당시선唐詩選》《단장정일승斷腸亭日乘》을 구입했다. 하지만 그 책들은 지금까지 한 번도 펼쳐지지 않은 채 책꽂이 어딘가에 얌전히 보관되어 있다.

다나베 씨의 에세이, 어디가 좋은가. 그 좋은 점을 세어 나가자면 나의 인간적 결점을 셀 때만큼이나 끝이 없겠지만, 굳이 세 가지로 좁히면 다음과 같다.

하나, 논지. 우선 기본이 되는 주장이 독창적이다. 다나베 씨는 흔해 빠진 내용은 절대로 쓰지 않는다. 상식적인 것, 식자가 말할 만한 것, 언론이 주장할 만한 것은 안 쓴다.

나아가 그 전개 또한 훌륭하다. 생각지도 않았던 문제 제기에 독자들이 감탄할라 치면, 가모카 아저씨가 불쑥 등장하여 그 의견을 뒤집고, 그리하여 좀 더 발전된 결론으로 나아간다. 다나베 씨가 상식적인 견해에 반론을 펴고, 그에 대해서 다시 가모카 아저씨가 반론을 펴는 것이다. 이 미스터리 같은 반전이 정말 재미있다.

둘, 가치관. 다나베 씨는 사회를 신랄하게 비판하고 인간의 어리석음과 천박함을 무자비하게 들춰내지만, 그 근저에는 언제나 인간에 대한 따뜻한 시선이 있다. 더구나 그렇게 지적할 때 체면을 생각하고 허세 부리는 일이 없기 때문에 독자의 마음 밑바닥까지가 닿는 설득력이 있다.

셋, 표현. 다나베 씨는 말의 천재다. 다나베 씨의 문장은 평이해 보이지만 그것은 결코 아무나 따라 할 수 있는 게 아니다. 유머러스한 문장은 적확 간결한 표현을 골라 쓰지 않으면 임팩트를 잃고 만다. 그런데 다나베 씨에게는 이것 말고는 없다고 할 만큼 딱 들어맞는 표현을 조금의 착오도 없이 사용하는 능력이 있다. 그것을 위해 다나베 씨는 격조 높은 한어에서부터 오사카 사투리까지 종횡으로 구사한다. 다나베 씨의 풍요로운 어휘와 고도의 센스는 정말 놀랍다고 할 수밖에 없다.

특히 글 속에서 가모카 아저씨가 해내는 역할이 크다. 가모카 아저씨는 저자가 펼치는 생각에 반론을 펴서 글의 논지를 풍부하게 하고, 나아가 저자와 역할을 분담하여 유머를 더욱 기품 있게 만든다.

나름 정리한다고 했는데 써 놓고 보니 나는 내가 좋아하는 것조차 제대로 표현할 능력이 부족하다는 것을 통감할 뿐이다.

언젠가 평소 동경하던 다나베 씨의 집을 방문한 적이 있다. 스누피 인형이 가득 놓인 방에서 오랫동안 궁금해했던 것들에 대해 질문 드렸다. 가장 궁금했던 것은, 적합한 어휘를 어떻게 선택하는가였다.

다나베 씨는 일부러 어휘를 찾거나 하지는 않는다고 했다. 마치 참치에게 물에 빠지는 방법을 물어봤을 때 돌아왔을 법한 답이었다. 나는 조금 아쉬웠다. 틀림없이 뭔가 특별한 어휘 사전이 있을 거라고 생각했기 때문이다.

그래서 아무래도 적절한 말이 떠오르지 않을 때는 어떻게 하시느냐고 집요하게 물어보니, 다나베 씨는 '분명 그 소설 이쯤에 그런 내용이 나왔어' 하는 기억을 더듬어 소설의 그 부분을 다시 읽는다고 대답했다.

다나베 씨는 사전 같은 걸 필요로 하지 않았던 것이다. 아니, 다나베 씨 사전에는 '사전'이라는 말이 없었던 것이다. 결국 다나베 씨의 문장력은 어릴 때부터 보인, 국어 능력의 천재라 불릴 만큼 타고난 재능과 풍부한 독서량에 의해 길러졌음을 깨달았다. 덕분에 나는 다나베 씨의 문장에 한 걸음이라도 다가가려던 꿈을 미련 없이 버릴 수 있었다.

다나베 씨는 나의 질문에 대답한 후, 요즘 젊은 사람들 사이에 어휘가 빈약해진 점을 한탄하고, '복욱馥郁하다'* 같은 표현은 다른 말로는 표현할 수 없다고 하셨다. 나는 "그런 말도 모르다니 한탄스럽기 그지없습니다"라고 맞장구를 치고는 집으로 돌아와 사전을 찾아봤다.

* 풍기는 향기가 그윽하다는 뜻.

다나베식 페미니즘

《하기 힘든 아내》는 에세이집이라고는 하나, 개인의 경험, 거기에 깃드는 소회와 심경을 자유로이 그려 가기보다는 신문에 실린 다양한 시사 사건을 주된 이야기 소재로 삼고 있다. 아마도 이 에세이집이 일본의 대표적인 주간지 중 하나인 《슈칸분슌週刊文春》에 연재되었던 글이라는 사실과 무관하지 않을 것이다. 그런 점에서 이 책에서, 자기 자신과 세상을 바라보는 시선 안쪽에 은은히 물들어 있는 다나베 세이코의 내밀한 어떤 것을 기대한 독자라면 약간은 김이 샐 수도 있을 것이다.

하지만 실망하기는 이르다. 세상의 수다한 사건 사고 중에서 특히 다나베 세이코의 시선을 끄는 건 거의 압도적으로 남자와 여자의 관계에 관한 것들이다. 많은 독자들이 알다시피 다나베 세이코는 일본의 대표적인 연애소설가다. 물론 연애소설에서의 남녀 관계가 인격 대 인격, 개인 대 개인의 관계라고 한다면, 이 에세이집에서 저자가 서술하는 남녀 관계는 남녀 간의 개인적 관계가 아니라 사회적 관계, 즉 젠더에 관한 것이다. 그럼에도 연애소설의 대가인 만큼 젠더의 문제에 대해서도 다른 사람이 할 수 없는 재미있는 방식으로 얘기를 풀어 나가지 않았을까 기대할 만하다.

작가가 이 작품에서 특별히 젠더 문제에 많은 관심을 기울이게 된 것은 이 글을 쓸 당시의 사회적 상황에서 영향 받은 바가 클 것이다. 그녀가 이 책에 실린 글을 집필하던 1980년 전후의 시기는 한국이나 일본에서 페미니즘이 확산되기 시작한 시기였다. 서구에서는 1960년대 말부터 베티 프리댄의 책《여성의 신비》의 폭발적 매출을 신호탄으로 다양한 사조의 여성운동이 번져 나가고 있었지만, 동아시아의 한국과 일본은 1980년대에 들어설 무렵까지도 남성만이 아니라 여성 자신도 자기 자신의 의식을 가부장적인 프레임 안에 단단히 가두어 놓고 있는 상태였다. 정치적 신념에서의 보수와 진보, 좌와 우를 가릴 것 없이 누구나 다 여성은 '여성다워야' 하고 남성은 여성을 책임지며 또한 지배하는 능력을 갖추어야 한다고 철석같이 믿고 살던 시대였다.

그러던 것이, 1970년대 후반부터 대학생과 중산층 지식인 여성들을 중심으로, 가부장적 사회질서에 이의를 제기하는 운동이 싹트기 시작했다. 그 당시 한국의 경우를 보자면, 지금의 젊은 독자들로서는 도대체 상상이 가지 않는 일이겠지만, 젊은 여성이 공공장소에서 담배를 피우는 것은 험한 욕설을 듣고 심지어는 머리끄덩이까지 잡힐 각오를 요하는 일이었다. 그래서 조신했던 여대생들이 일부러 '다방'에 앉아 공개적으로 담배를 피우는 것은, 자신이 이 사회에서 남성과 동등한 권리를 갖는 존재이며, 예비 신부가 아니라 인간임을 알리는 '투쟁'의 퍼포먼스였던 것이다.(당시 담배 피우기는 노년 여성이나 유흥업소 여성에게만 인정되는 행위였다. 이들은 이른바 부르주아적 의미에서의 여성, 남자의 배타적 소유물로서의 여성으로 간주되지 않기 때문에 그러한 자유가 부여되었다.) 거기서 더 나아가 대학가에서는 그동안 남자 선배들의 뒤치다꺼리만 하던 여학생들이 처음으로 스스로 시위를 조직하여 선두에 서고 투옥되고 하는 일이 벌어지기 시작했다. 그런 분위기를 타고 여자 대학교를 중심으로 '여성학' 강좌가 개설된 것도 그 당시다.

여성들 사이에서 불기 시작한 이러한 변화의 기류는 일본이라고 다를 게 없었다. 남녀 간의 관계를 그리는 데 고도의 감수성을 보여 준 작가가 그러한 심상찮은 기류를 그냥 넘길 수는 없었을 것이다.

그러나 저자가 젠더 문제를 바라보고 드러내는 방식은 매우 신중하다. 작가 자신일 터인 작중의 '나'는 남성 중심 사회를 비판하고, 남성들의 고루한 의식을 꼬집고, 여성의 권리와 자유, 성적 능동성 따위를 일갈한다. 그런데 그럴 때마다 '가모카 아저씨'가 등장하여 젠더 문제를 남녀의 잠자리 문제로, 사회 비판을 음담패설로 바꿔 버리는 패악을 저지르는 것이다.

그럼에도 저자가 가모카 아저씨를 등장시킨 것은, 좋게 말하면 자신의 글을 평범한 시사 칼럼이 아니라 미학적 풍취를 지닌 작품으로 만들어 내는 문학적 기교라고 할 수도 있겠지만, 다른 각도에서 보면 작가가 의식적 혹은 무의식적으로 설정한 자기 검열의 장치였을 수도 있다. 보수적인 독자를 거느린 보수적인 매체 속에서 저자가 선택한 생존 전략이 아니었을까 싶다.

또 하나, 작자가 자신의 글에 가모카 아저씨라는 '등장인물'을 정해 놓고 등장시킨 것은 일인칭 '나' 역시 작자 자신이 아니라 소설 속 등장인물 같은 느낌을 주게 만드는 장치이기도 하다. 작자는 그렇게 '등장인물'이라는 가면 뒤에 숨는 방식으로 마음껏 발언할 수 있는 자유를 추구한 게 아닐까. 밀물처럼 밀려오던 페미니즘의 물결 앞에서, 보수적인 매체에 몸을 싣고 갈등하는 중년의 다나베 세이코가 조금은 귀엽게 느껴지는 지점이다.

젠더 문제는 지금도 현재진행형이다. 이 에세이는 조금 오래전에 쓰이긴 했지만 여전히 현실성을 갖는다. 연애소설의 대가 다나베 세이코가 젠더 문제를 요리하는 재주는 어떠한가를 음미해 보는 것도 이 책을 읽는 한 가지 방식일 것이다.

2016년 가을

서혜영

옮긴이 서혜영

서강대학교 국어국문학과를 졸업하고, 한양대학교 일어일문학과 박사과정을 마쳤다. 현재 전문 일한 번역, 통역가로 활동 중이다. 옮긴 책으로《서른 넘어 함박눈》《고독한 밤의 코코아》《춘정 문어발》《열심히 하지 않습니다》《밤은 짧아 걸어 아가씨야》《토토의 눈물》《토토의 희망》《떠나보내는 길 위에서》《태양은 움직이지 않는다》《반딧불이의 무덤》《사라진 이틀》《보리밟기 쿠체》《모리사키 서점의 나날들》《한심한 나는 하늘을 보았다》《명탐정 홈즈 걸》《하노이의 탑》 등이 있다.

하기 힘든 아내

초판 1쇄 발행 | 2016년 10월 17일

지은이	다나베 세이코
옮긴이	서혜영
책임편집	나희영
디자인	주수현

펴낸곳	바다출판사
발행인	김인호
주소	서울시 마포구 어울마당로5길 17(서교동, 5층)
전화	322-3885(편집), 322-3575(마케팅)
팩스	322-3858
E-mail	badabooks@daum.net
홈페이지	www.badabooks.co.kr
출판등록일	1996년 5월 8일
등록번호	제10-1288호

ISBN 978-89-5561-870-9 03830